W0314721

Le LIVRE de POCHE

JEUNESSE

CHRISTINE NÖSTLINGER

Christine Nöstlinger est née en Autriche, en 1930, dans un faubourg de Vienne. Après des études à l'Académie des Beaux-Arts, elle fait un stage dans un quotidien autrichien. Mais sa vocation est d'écrire pour les enfants ; l'originalité et le talent de ses romans lui apportent le succès, ainsi que plusieurs prix littéraires, notamment celui de l'État autrichien et, en 1973, le Prix allemand du Livre pour la Jeunesse. Elle s'adresse à des lecteurs d'âges très divers, en commençant par les débutants, et publie aussi des livres pour les adultes.

LE MÔME EN CONSERVE

CHRISTINE NÖSTLINGER

LE MÔME EN CONSERVE

Traduit de l'allemand
par Alain Royer

Illustrations :
La Mouche

HACHETTE Jeunesse

L'édition originale de cet ouvrage a paru
chez Friedrich Oetinger, Hambourg,
sous le titre :
KONRAD
oder
DAS KIND AUS DER KONSERVENBUCHSE

© Verlag Friedrich Oetinger, 1975.
© Hachette, 1982.
© Librairie Générale Française, 1985,
pour les illustrations.

Mme Berthe Bartolotti prenait son petit déjeuner, assise dans son fauteuil à bascule. Comme chaque matin, elle avala quatre tasses de café, trois petits pains avec du beurre et du miel, deux œufs à la coque, une tranche de pain noir avec du jambon et du fromage, et une tranche de pain blanc avec du pâté de foie d'oie. Tout en petit-déjeunant, Mme Bartolotti se balançait. Les fauteuils à bascule sont faits pour ça, non ? Son peignoir bleu ciel ne tarda pas à s'orner de taches brunes dues au café et d'autres, plus claires, dues au jaune d'œuf.

Pain et petits pains semèrent leurs miettes dans l'échancrure du peignoir.

Mme Bartolotti se leva et sillonna sa salle

de séjour à cloche-pied pour se débarrasser des miettes. Puis elle suça l'un après l'autre ses doigts poisseux de miel et se mit à converser avec elle-même :

« Ma chère enfant, tu vas maintenant aller te laver et t'habiller correctement, et puis tu vas aller travailler. Et que ça saute ! »

Mme Bartolotti se disait toujours « ma chère enfant » lorsqu'elle se parlait à elle-même.

Sa mère avait toujours eu coutume de lui dire lorsqu'elle était petite fille :

« Ma chère enfant, il est l'heure de faire tes devoirs... Ma chère enfant, va donc essuyer la vaisselle... Ma chère enfant, cesse de faire du bruit... »

Mme Bartolotti avait grandi, puis était devenue adulte mais son mari, un certain M. Bartolotti, avait continué :

« Ma chère enfant, il est l'heure de préparer le repas... Ma chère enfant, viens donc me recoudre un bouton... Ma chère enfant, tu devrais passer l'aspirateur... »

Mme Bartolotti avait donc pris l'habitude de faire les courses ou d'exécuter les ordres lorsqu'on lui disait « ma chère enfant ». Sa mère était morte depuis des lustres et M. Bartolotti s'était évanoui dans la nature depuis presque aussi longtemps. Pourquoi ? Personne n'en avait jamais rien su, car il s'agissait d'un événement très secret de leur vie privée. Toujours est-il que Mme Bartolotti n'avait plus personne pour l'appeler « ma chère enfant ».

Mme Bartolotti se dirigea vers sa salle de bain. Elle avait envie d'un bon bain bien chaud. Hélas ! les poissons rouges prenaient leurs vacances dans la baignoire. Mme Barto-

Mme Berthe Bartolotti prenait son petit déjeuner.

lotti les avait déménagés de leur aquarium la veille, estimant qu'ils avaient besoin de changer d'horizon. « Tout être vivant prend des congés ou part en voyage, s'était-elle dit. Il n'y a que ces pauvres poissons rouges qui

passent leur vie à tourner en rond dans le même bocal, face au même paysage ! »

Mme Bartolotti opta donc pour une bonne douche bien chaude. Elle avait fait installer une cabine de douche entre le lavabo et la

... les poissons rouges prenaient leurs vacances dans la baignoire.

baignoire. Mais elle dut renoncer à tenter d'ouvrir la porte de ladite cabine : elle était hors de service, car Mme Bartolotti avait tendu quatre ou cinq ficelles entre la cabine de douche et la fenêtre pour étendre ses jeans et ses pull-overs. Quant au lavabo, il servait de bassin de trempage pour les jeans et les pull-overs attendant la prochaine lessive.

« Ma chère enfant, tu vas encore être obligée de te contenter d'un débarbouillage chimique », murmura Mme Bartolotti en prenant un bout de coton et un grand flacon dans son armoire de toilette. Elle imbiba le coton d'une sorte de liquide rosâtre et se frotta consciencieusement le visage. Le coton devint aussitôt multicolore : rose de fond de teint, rouge de rouge à lèvres, noir de rimmel, brun de crayon à sourcils, vert de fard à paupières et bleu foncé de crayon à cils.

« Superbe ! » s'exclama Mme Bartolotti en contemplant le bout de coton, qu'elle jeta juste à côté de la petite poubelle située sous le lavabo. Puis elle récupéra divers tubes, flacons et bâtonnets dans son armoire de toilette et se peignit un visage rose, rouge, noir, brun, vert et bleu foncé. Ce faisant, elle découvrit que son flacon de rimmel était presque vide. Elle écrivit donc avec son bâton de rouge à lèvres sur le carrelage blanc de la salle de bain :

ACHETER DU RIMMEL

Puis elle effaça d'un coup d'éponge ce qu'elle avait noté la veille, toujours avec son bâton de rouge :

ACHETER DU PAPIER-CUL

L'inscription était désormais inutile puisqu'elle avait pensé à faire cette course. Avant de quitter la salle de bain, Mme Bartolotti se mira dans la glace au-dessus du lavabo pour vérifier si elle était jeune ou vieille. Elle avait ainsi des jours jeunes et d'autres vieux. Ce matin-là était celui d'un jour jeune et elle murmura, satisfaite de son reflet :

« On a vu pire, ma chère enfant ! »

Elle avait en effet réussi à dissimuler, grâce au fond de teint, quelques cernes sous les yeux et quelques rides à la commissure des lèvres.

Personne n'était en mesure de révéler l'âge exact de Mme Bartolotti car tout le monde l'ignorait. Les gens lui en attribuaient d'ailleurs de fort divers.

La très vieille Mme Meyer, sa voisine, disait : « la toute jeune Mme Bartolotti ». Le neveu de la très vieille Mme Meyer, le petit Michel, disait, lui : « la vieille Mme Bartolotti ». M. Alexandre, qui dans sa pharmacie vendait des poudres, des pommades et des suppositoires, et qui avait hérité de deux plis verticaux entre les sourcils à force de déchiffrer des ordonnances, disait : « Mme Bartolotti est dans la fleur de l'âge. » M. Alexandre se sentait lui aussi dans la fleur de l'âge. Il avait cinquante-cinq ans et un rendez-vous bihebdomadaire avec Mme Bartolotti. Une fois c'était lui qui allait chez elle, l'autre c'était elle qui venait chez lui. Ils passaient la soirée au cinéma ou au théâtre, soupaient, puis buvaient du vin et finissaient la nuit dans un cabaret. Deux fois par semaine, M. Alexandre appelait Mme Bartolotti « Berthy » et Mme Bartolotti appelait M. Alexandre « Alex ». Mais quand ils se croisaient dans la rue les autres jours de la semaine, ou quand Mme Bartolotti allait à la pharmacie, elle disait « Monsieur » et lui « Madame ». Hormis ces rares échanges, ils ne se parlaient jamais.

Leurs jours d'amitié étaient fixes : mardi et samedi.

Après avoir longuement interrogé son miroir, Mme Bartolotti retourna dans sa salle de séjour. Elle s'installa de nouveau dans son fauteuil à bascule, alluma un cigare et se demanda si elle allait commencer par travailler, par faire ses courses ou éventuellement par se recoucher. Elle allait opter pour cette troisième solution lorsqu'on sonna. Un coup de sonnette très long et très énergique. Mme Bartolotti sursauta, fort surprise. On avait sonné comme seuls savent sonner les livreurs, les facteurs et les télégraphistes.

Mme Bartolotti posa son cigare sur une soucoupe décorée de motifs floraux et se dirigea vers la porte de l'appartement. Elle

Mme Bartolotti alluma un cigare...

espérait que ce coup de sonnette aussi long qu'énergique était celui du facteur des mandats. C'était lui qu'elle attendait en permanence. Et, de fait, il lui apportait de temps à autre de l'argent.

Mille ou deux mille francs, parfois même cinq mille. Cela dépendait de la taille du tapis qu'elle venait de vendre.

Le nom du bénéficiaire était toujours libellé ainsi sur le formulaire :

ÉTABLISSEMENTS BARTOLOTTI ET Cie
TISSAGES ARTISANAUX

Les Établissements Bartolotti et Cie se réduisaient à Mme Bartolotti, mais elle avait ajouté sur sa carte de visite les mots « Établissements » et « Compagnie » pour lui donner meilleure allure.

Mme Bartolotti tissait les tapis les plus beaux et les plus colorés de toute la ville. Les marchands de tapis et de meubles qui les vendaient disaient toujours à leurs clients :

« Mme Bartolotti est une artiste, une vraie. Ses tapis sont de petites œuvres d'art. C'est d'ailleurs ce qui justifie leur prix. »

Les marchands de tapis et de meubles revendaient les tapis de Mme Bartolotti trois fois le prix qu'elle leur en avait demandé. Telle était en fait la vraie raison de leur coût élevé.

Mais l'homme au coup de sonnette long et énergique n'était pas le facteur des mandats. C'était le livreur de la S.N.C.F. Il soufflait comme un phoque asthmatique et essuyait la sueur qui perlait à son front en maugréant :

« Maudit paquet ! » Puis il désigna un gros

C'était le livreur de la S.N.C.F.

colis, soigneusement ficelé et bougonna : « Ça pèse au moins vingt kilos, ce machin-là ! »

Il le traîna dans la cuisine où Mme Bartolotti signa un récépissé et lui donna trois francs de pourboire.

« Au revoir, dit alors le livreur.

— Au revoir », répondit Mme Bartolotti

en le raccompagnant jusqu'à la porte d'entrée.

Puis elle alla récupérer son cigare dans la salle de séjour et revint s'asseoir sur une chaise dans la cuisine face à ce gros paquet blanc. Elle fourragea dans ses cheveux teints en blond, dérangea de ses ongles vernis bleu ciel l'ordonnance de quelques mèches raidies par la laque et se mit à réfléchir.

« De la laine ? Non, ce n'est certainement pas de la laine, se dit-elle. La laine ne pèse pas si lourd. Un paquet de laine de cette taille ne dépasserait pas cinq ou six kilos. »

Mme Bartolotti se leva et fit le tour du paquet. Elle cherchait le nom de l'expéditeur mais ne le trouva pas. Elle ne le découvrit pas plus en tournant, non sans peine, le paquet dans tous les sens.

« Ma chère enfant, se dit Mme Bartolotti avec une pointe de sévérité dans la voix, ma chère enfant, il va falloir faire fonctionner ta cervelle ! »

Mme Bartolotti avait en effet un péché mignon : elle adorait les coupons, les bons de commande, les offres spéciales et toutes les propositions d'achat à l'essai. Dès qu'elle apercevait un bon de commande dans un journal ou une revue quelconque, elle le découpait, le remplissait et l'expédiait à l'adresse indiquée. Cet engouement pour les bons de commande était tel que jamais ne lui venait à l'esprit de s'interroger sur l'utilité

éventuelle de l'objet proposé. Sa manie d'acheter par correspondance l'avait donc rendue propriétaire de toutes sortes de choses fort étranges : un dictionnaire des animaux en sept volumes, un assortiment de chaussettes pour homme en fil d'Écosse, un service à thé en matière plastique pour vingt-quatre personnes, un abonnement à une revue de pêche et un autre à une publication naturiste. Elle avait aussi reçu un moulin à café turc, pas pour moudre le café mais pour servir de pied de lampe, dix caleçons en laine angora pour géante et neuf moulins à prières bouddhistes. Mais sa commande la plus insolite avait été un tapis. Lorsque le facteur lui avait un jour livré un tapis à fleurs, aussi épouvantablement laid qu'affreusement cher, Mme Bartolotti avait fondu en larmes, maudit sa funeste manie et décidé de ne plus jamais rien commander.

Mais les manies sont plus fortes que les bonnes résolutions et, dès le lendemain, Mme Bartolotti avait de nouveau rempli un bon de commande :

Veuillez m'adresser contre remboursement et franco de port : 144 (cent quarante-quatre) cuillères à café en métal argenté.

Mme Bartolotti entreprit donc de faire fonctionner sa cervelle mais il n'en sortit pas grand-chose ce matin-là. Hormis une commande d'échantillon gratuit de nouilles cinq étoiles et de parfum de chez Fior, elle ne vit guère qu'une offre spéciale de boutons-pressions chromés, d'une pince coupante et d'une poinçonneuse. Mais ces offres très spéciales ne pouvaient en aucun cas peser vingt kilos. En outre, Mme Bartolotti savait par expérience que les échantillons et les doses d'essai ne dépassent jamais cent grammes.

« Peut-être ce paquet m'est-il envoyé par mon brave oncle Hippolyte, pensa-t-elle. Et si c'était un cadeau d'anniversaire ? Il faut dire que ce brave homme ne me fait plus de cadeaux d'anniversaire depuis une bonne trentaine d'années. Mais il veut peut-être se rattraper en m'envoyant vingt kilos de cadeaux ? »

Mme Bartolotti s'arma d'une paire de ciseaux et coupa la ficelle qui entourait le paquet. Puis elle déchira le papier d'emballage blanc et souleva le couvercle du carton qu'elle découvrit en dessous. Elle aperçut alors une enveloppe posée sur de la laine de verre bleue. Sur l'enveloppe était écrit :

Madame Berthe Bartolotti

Son nom était parfaitement dactylographié, en couleur et à l'aide d'une machine à écrire électrique. Or le brave oncle Hippolyte ne possédait pas de machine et écrivait toujours Berthe sans « h » et avec deux « t ».

Mme Bartolotti ouvrit l'enveloppe et en sortit une feuille pliée en quatre qu'elle déplia aussitôt pour la lire :

Chère Madame,

Voici votre commande. Nous regrettons infiniment d'avoir tant tardé à vous satisfaire mais des difficultés imprévues, dues à des modifications de nos processus de fabrication, nous ont empêchés d'effectuer notre livraison dans le délai prévu. Au cas où vous ne vous sentiriez plus disposée à accepter notre produit – nous souhaitons vivement que ce ne soit pas le cas, bien sûr – vous pourriez nous le retourner dans les 24 heures et franco de port. Mais nous attirons votre attention sur le fait que pour des raisons d'hygiène aisément compréhensibles, nous ne reprenons que les boîtes n'ayant pas été ouvertes.

On avait aussi écrit en *post-scriptum :*

Nos marchandises sont conditionnées sous vide dans des conditions sanitaires irréprochables et plusieurs fois testées avant de quitter nos usines.

Mme Bartolotti posa la feuille de papier et l'enveloppe sur la table, puis se pencha sur le carton et entreprit de retirer la laine de verre bleue. Elle ne tarda pas à sentir quelque chose de lisse, de dur et de froid. Elle se hâta alors d'arracher les derniers morceaux de laine de verre et vit apparaître une boîte de conserve en fer-blanc. La boîte avait à peu près la hauteur d'un parapluie d'homme et l'épaisseur d'un tronc de hêtre vieux d'une trentaine d'années. Il n'y avait pas d'étiquette mais seulement un point bleu de la taille d'une pièce de un franc. Un des couvercles portait la mention « haut » et l'autre celle de « bas ». On avait inscrit sur le côté : « *Les papiers sont à l'intérieur.* »

Mme Bartolotti sortit la conserve du carton et plaça le haut en haut et le bas en bas. Puis elle tapota sur le haut de la boîte. Ça sonnait plutôt creux.

« Ce n'est pas de la salade de fruits », murmura Mme Bartolotti.

Elle réfléchit quelques instants puis hasarda :

« C'est peut-être du pop-corn. »

Mme Bartolotti adorait le pop-corn. Mais une observation plus attentive de cette conserve lui permit de déduire qu'il ne pouvait s'agir de pop-corn. Impossible en effet qu'une telle boîte contienne quelque chose de liquide ou de granuleux. Car c'était une de ces boîtes qui ont autour du ventre un ruban de fer-blanc terminé par un anneau. On tire sur l'anneau, le ruban s'arrache et la conserve s'ouvre en deux. Dans ce cas, le contenu ne peut être que solide.

« Du corned-beef ? » supposa Mme Bartolotti en glissant son doigt dans l'anneau.

Elle aimait le corned-beef encore plus que le pop-corn. Vingt kilos de corned-beef n'avaient certes aucune chance de tenir dans un réfrigérateur de taille normale mais Mme Bartolotti trouva aussitôt la parade : « J'en offrirai un kilo à Alexandre, un kilo à la vieille Meyer, deux kilos au petit Michel et j'en enverrai par exprès deux kilos à ce brave oncle Hippolyte. Ce sera une excellente occasion de lui faire remarquer que je l'oublie moins qu'il ne m'oublie, se dit-elle. Et puis je n'achèterai pas de viande pendant une semaine. Je mangerai du corned-beef au petit déjeuner, au déjeuner et au dîner. »

Mme Bartolotti tira donc sur l'anneau de fer-blanc.

« Ma chère enfant, laisse les choses en l'état. Cette mystérieuse conserve ne peut que t'attirer des ennuis ! souffla une petite voix dans son oreille droite.

— Ma chère enfant, dépêche-toi d'ouvrir cette boîte ! » souffla une autre petite voix dans son oreille gauche.

Mais Mme Bartolotti ne s'attarda guère à

peser le pour et le contre puisqu'il s'agissait dans les deux cas de sa propre voix. Il était d'ailleurs trop tard. Le ruban de fer-blanc avait commencé à se détacher. Elle continua donc à tirer. Il y eut comme un sifflement. Elle acheva de tirer, la moitié supérieure de la

Mme Bartolotti tira donc sur l'anneau de fer-blanc.

boîte se retrouva posée de travers sur la moitié inférieure et le sifflement cessa. Ça sentait le phénol, l'hôpital et le parfum d'air frais à l'ozone.

« Jamais mangé un corned-beef ayant une odeur pareille ! A moins que ce ne soit un corned-beef de très mauvaise qualité ? » se dit Mme Bartolotti en soulevant la moitié supérieure de la conserve.

Elle eut alors de la chance qu'une chaise de cuisine se trouve placée juste dans son dos, car la frayeur la contraignit à s'asseoir. Elle se mit à trembler comme une feuille, depuis la racine argentée de ses cheveux jusqu'aux ongles de ses doigts de pieds laqués vert pomme. Une sorte de vertige lui fit tourner la tête, elle vacilla sur ses jambes et chut lourdement sur la chaise.

L'être accroupi dans la boîte dit alors en inclinant poliment la tête :

« Bonjour, chère maman. »

Quand Mme Bartolotti éprouvait une frousse bleue, elle ne se contentait pas d'avoir des vertiges et de trembler comme un jeune saule. Quand elle avait vraiment très, très peur, elle apercevait aussi de petites étoiles dorées entourées de halos violets.

Or Mme Bartolotti venait d'avoir horriblement peur. Elle vit donc de petites étoiles cernées de halos violets et, au-delà, émergeant de la moitié inférieure de la boîte de

Mme Bartolotti venait d'avoir horriblement peur.

conserve, une sorte de nain rabougri qui la dévisageait. Elle aperçut en effet une tête rabougrie ridée de mille plis emmanchée sur un cou rabougri, planté sur un torse rabougri, doté de bras rabougris. La bouche toute rabougrie de ce nain rabougri s'ouvrit de nouveau :

« Ma chère maman, le bouillon de culture est dans le couvercle. »

Mme Bartolotti hocha la tête et battit des paupières pour tenter de chasser les étoiles et les halos violets. Les étoiles s'éteignirent mais les halos violets persistèrent sans pour autant l'empêcher d'apercevoir dans la moitié supérieure de la boîte un sachet bleu ciel portant une inscription en majuscules :

BOUILLON DE CULTURE

puis en dessous en minuscules :

Vider le contenu du sachet dans quatre litres d'eau tiède et les verser sur le contenu de la boîte dès ouverture.

En haut et à droite était imprimé le long d'un pointillé :

Couper ici

Mme Bartolotti suivit les indications à la lettre et coupa le sachet le long du pointillé.

« Ce serait très gentil de te presser un peu, dit le nain. Car sans bouillon de culture, je ne me conserve pas longtemps à l'air libre. »

Mme Bartolotti, qui s'était levée, vacilla de nouveau. Mais elle parvint néanmoins à récupérer une bassine en plastique rose sous l'évier. Elle la posa sous le robinet et tourna le bouton rouge du thermostat sur la position « très chaud ». Le chauffe-eau était une antiquité et il fallait mettre le thermostat sur très chaud pour espérer de l'eau tiède. Elle prit ensuite un pot en grès dont elle savait qu'il contenait un demi-litre et en versa huit fois le contenu dans la bassine sans oublier d'y ajouter celui du sachet. Le bouillon de culture était brun foncé et lorsque Mme Bartolotti touilla le liquide avec une cuillère en bois, il prit une teinte marron.

Puis elle versa lentement cette eau terreuse sur la tête du nain rabougri. Elle s'était attendue à ce que le liquide asperge le nain puis dégouline un peu partout, en partie dans la boîte, en partie sur le carrelage. Mais rien de tel ne se passa. Le nain rabougri absorba le liquide comme une éponge en s'étoffant peu à peu. Tant et si bien qu'il cessa progressivement de ressembler à un gnome pour devenir un enfant normal.

Après que Mme Bartolotti eut versé les quatre litres d'eau, le garçon dans la boîte donna l'impression d'avoir environ sept ans. Il avait un joli teint hâlé, une peau d'enfant lisse et tendue, des joues roses, des yeux bleu

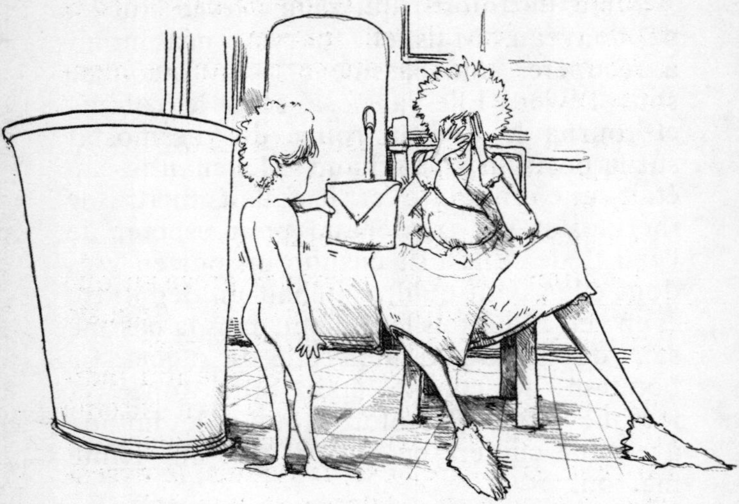

Il sortit de la boîte et tendit
à Mme Bartolotti une enveloppe...

ciel, des dents de lait blanches et des boucles blondes. Mais il était nu comme un ver.

Il sortit de la boîte et tendit à Mme Bartolotti une enveloppe bleu ciel. Elle la prit. C'était une enveloppe en plastique parfaitement étanche. Sur une des faces, était imprimé en caractères noirs :

PAPIERS

Mme Bartolotti reprit sa paire de ciseaux et ouvrit l'enveloppe en prenant bien soin de suivre le pointillé. Elle contenait un certificat de baptême, un extrait d'acte de naissance et divers certificats de vaccination.

Le certificat de baptême portait les mentions suivantes :

Père : Frédéric Auguste BARTOLOTTI
Mère : Berthe BARTOLOTTI
Né le : 23.10.75
Lieu de naissance : Inconnu

L'extrait d'acte de naissance précisait que Frédéric Bartolotti, fils de Frédéric Auguste Bartolotti, avait la nationalité française.

Les divers certificats de vaccination indiquaient que Frédéric Bartolotti était vacciné contre : la scarlatine, la coqueluche, la varicelle, la tuberculose, le typhus, la dysenterie, la diphtérie, le tétanos et la variole.

Mme Bartolotti trouva aussi dans l'enveloppe une feuille de papier chiffon aux bords effrangés, couverte d'une écriture manuscrite à l'encre bleu ciel.

Chers parents,

Votre vœu le plus cher est donc enfin exaucé.

Nous, les fabricants, vous souhaitons beaucoup de bonheur et de plaisir avec votre rejeton.

Puisse-t-il vous apporter la joie et être à la hauteur des espoirs que vous avez placés en lui et en notre firme. Car nous avons tout fait pour vous livrer un enfant joyeux, agréable et prometteur.

Faites-le vôtre !

Vous n'aurez sans doute guère de difficultés à l'élever car nos produits sont faciles à prendre en main et à surveiller. Les carences et les défauts de nature vous seront épargnés grâce à la technologie hautement sophistiquée dont disposent nos ateliers de fabrication.

Mais nous avons, pour finir, une demande à formuler : notre produit, tel qu'il a été conçu, nécessite, outre une surveillance et une attention ordinaire, un réel amour.

Ne l'oubliez pas, s'il vous plaît !

Nous vous souhaitons beaucoup de joie pour l'avenir.

Cordialement vôtre,

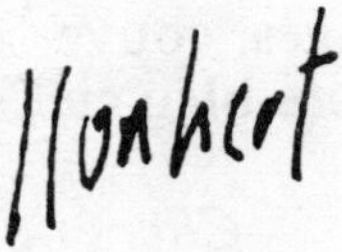

De nouveau cette signature qui pouvait être Humbert ou Honbert ou Monbert.

Le garçon, que son certificat de baptême désignait comme étant Frédéric Bartolotti, claquait des dents et avait la chair de poule.

« Tu n'as pas de vêtements ? demanda Mme Bartolotti.

— On m'a dit que mes parents m'en fourniraient », répondit Frédéric.

Mme Bartolotti alla chercher une grosse veste de tricot dans la penderie de l'entrée et la posa sur les épaules de Frédéric. Ce dernier cessa aussitôt de claquer des dents puis expliqua :

« Est-ce la mode actuelle... ? »

« La mode change si vite, nous a-t-on affirmé, que chaque année les enfants portent des vêtements différents. Il aurait donc été stupide de nous fournir une garde-robe. »

Il jeta un coup d'œil sur les manches de la veste vieux rose et s'aperçut qu'elles traînaient par terre.

« Est-ce la mode actuelle pour les garçons de sept ans ?

— Non, non ! fit Mme Bartolotti. Les petits garçons portent tout autre chose. Cette veste est à moi. Je ne savais pas...

— Tu ne savais pas quoi ?

— Qu'on allait t'envoyer...

— Mais nous ne sommes expédiés que sur commande ! » Mme Bartolotti crut déceler une pointe de reproche dans la voix de Frédéric, qui ajouta : « Le service des expéditions se serait-il trompé d'adresse ? »

Cette fois, Mme Bartolotti identifia une nuance de tristesse dans la voix de l'enfant.

« Non, non ! s'empressa-t-elle de répondre. Le service des expéditions ne s'est pas trompé. Non... pas du tout... mais... je ne savais pas que tu devais arriver aujourd'hui... je pensais te voir arriver dans une semaine ou deux.

— Mais tu es contente de me voir, maman ? » demanda Frédéric.

Mme Bartolotti le dévisagea. « Il a besoin d'amour, pensa-t-elle. Évidemment ! c'est d'amour qu'il a besoin, ce gosse, il est d'ailleurs si mignon ! Il est à coup sûr aussi gentil qu'Alexandre et même que la vieille Meyer. Et bien plus que Michel, le neveu de la vieille Meyer, ça, sans aucun doute ! J'ai probablement dû le commander un jour ou l'autre et le voilà ! Bon, il lui faut de l'amour ! »

« Frédéric, je suis très contente que tu sois là ! » déclara solennellement Mme Bartolotti.

Frédéric sourit puis affirma se sentir un peu fatigué par l'ouverture de la boîte de conserve.

« C'est toujours un moment assez éprouvant », expliqua-t-il.

Il demanda à dormir un peu, deux ou trois heures environ, en affirmant que c'était conseillé si on voulait éviter tout dommage ultérieur.

Mme Bartolotti le conduisit dans sa chambre. Elle évacua les revues, les journaux, les romans d'amour, les boîtes de gâteaux et les paquets de bonbons qui encombraient son lit. Puis elle secoua les miettes qui jonchaient ses draps et tapota les oreillers.

Frédéric se coucha. Mme Bartolotti le borda et il s'endormit aussitôt, non sans avoir le temps de murmurer avant de sombrer dans le sommeil :

« Bonne nuit, maman. »

Mme Bartolotti comprit à cet instant précis qu'elle aimait Frédéric.

Elle laissa les stores baissés, quitta la chambre sur la pointe des pieds et ferma doucement la porte. Puis elle alla s'asseoir dans son fauteuil à bascule et prit un nouveau cigare dans sa boîte à cigares. Il lui en fallait absolument un. Les cigares la calmaient, d'ordinaire.

Mme Bartolotti tira trois voluptueuses bouffées et les halos violets disparurent enfin de son champ visuel. Lorsqu'elle eut de nouveau tiré trois bouffées encore plus voluptueuses, il lui sembla se souvenir qu'elle avait effectivement souhaité un enfant lors de son intermède conjugal avec M. Bartolotti.

« Mais je me serais tout de même souvenue d'en avoir commandé un ! » pensa-t-elle.

« Reconnais que tu ne t'es pas souvenue d'avoir un jour commandé un quintal de punaises ! s'écria Mme Bartolotti en parlant toute seule.

— D'accord ! se répondit-elle. Mais ne va pas comparer des punaises et un gosse ! Une commande aussi inhabituelle, on s'en souvient !

— Peut-être... Mais les moulins à prières tibétains sont dans nos contrées encore plus rares que les enfants et tu avais pourtant oublié les avoir commandés ! »

Mme Bartolotti continua à se disputer avec

elle-même un bon bout de temps puis elle finit par se mettre d'accord, toujours avec elle-même, pour attribuer cette commande à M. Bartolotti dont la disparition remontait à la nuit des temps. Il avait probablement désiré lui faire une agréable surprise. Mme Bartolotti se sentit émue face à une attention aussi délicate. M. Bartolotti ne s'était guère montré coutumier du fait.

Elle se souvint aussi, en achevant son cigare, que M. Bartolotti avait jadis — il y avait vraiment très longtemps — demandé, trois semaines durant et tous les jours, s'il n'avait pas reçu un paquet.

« Voilà ! J'y suis ! s'écria-t-elle. Il attendait un enfant ! Oui... oui... »

(En fait Mme Bartolotti se trompait du tout au tout. M. Bartolotti attendait à l'époque un livre intitulé : *L'Interprétation des rêves dans l'Égypte pharaonique,* livre qu'il avait finalement reçu.)

Mme Bartolotti alla chercher son porte-monnaie, son portefeuille, sa bourse en cuir et sa sacoche en plastique. Le porte-monnaie contenait quelques pièces, le portefeuille mille francs prévus pour payer le loyer, la bourse quelques pièces de cinq ou de dix francs, et la sacoche en plastique, elle, quatre billets de cinq cents francs pour les cas de nécessité.

« Ma chère enfant, il s'agit bien d'un cas de nécessité ! » se dit Mme Bartolotti.

Elle ôta son peignoir, courut dans la salle de bain où elle enfila un jean et un pull qu'elle prit sur la corde à linge. Le jean était encore humide à la taille et autour de la fermeture Éclair. Il n'était évidemment pas repassé, donc à la fois raide et fripé. Quant au pull, lui aussi non repassé, il n'avait plus guère de forme.

« Personne ne s'en apercevra si je mets mon manteau », pensa Mme Bartolotti.

Car elle possédait un manteau. Un gros manteau en lièvre gris. Et malgré la douceur automnale, elle l'enfila.

« Avec mon manteau de lièvre gris, je ne peux que mettre ma toque assortie ! » déclara-t-elle en se posant sur la tête une énorme toque en lièvre gris.

Puis elle glissa les deux mille francs de la sacoche dans son porte-monnaie, le porte-monnaie, le portefeuille et la bourse en cuir dans son sac, appela un taxi et quitta son appartement.

Mme Bartolotti se fit conduire en ville. Elle vivait en effet dans une grande métropole où on disait « aller en ville » pour dire « aller dans le centre », c'est-à-dire là où étaient situés les magasins les plus élégants et les plus chers.

On était au début du mois d'octobre, mais il faisait encore chaud. 24° à l'ombre, exactement. Mme Bartolotti transpirait beaucoup sous son manteau de lièvre gris et les gens la regardaient avec une curiosité non dissimulée. Mme Bartolotti était accoutumée aux regards curieux. Elle avait en effet pour habitude de ne pas s'habiller comme tout le monde. Soit ses vêtements ne convenaient pas à la saison, soit ils n'étaient pas de circonstance. Elle allait jouer au tennis en pantalon noir, portait un jean à l'Opéra, achetait son lait en robe de soie ou allait au cinéma avec une culotte de montagne.

« Tu prends plaisir à choquer ! » affirmait M. Alexandre, le pharmacien.

Mais c'était faux. Mme Bartolotti ne cherchait nullement à choquer. Elle se contentait de prendre ses vêtements au hasard dans sa penderie. Ou alors l'envie de porter du rouge la titillait et comme sa culotte de montagne était d'un magnifique rouge profond, elle l'enfilait.

Mme Bartolotti arpenta la ville une bonne heure durant, dépensa deux mille francs et se retrouva avec neuf sacs en plastique bourrés de vêtements pour enfants.

Elle avait acheté des slips et des chaussettes, elle avait acheté des pulls imprimés et d'autres brodés, elle avait acheté des pantalons de velours et une culotte de peau, une ceinture et une chemise indienne en soie. Elle

avait acheté trois paires de sandalettes rose tyrien à bandes mauves ; une taille trente, une autre taille trente et un, et une enfin taille trente-deux. Elle avait aussi acheté une fantastique casquette en cuir bleu ciel ornée d'un médaillon chromé et surmontée d'un

En passant devant un magasin de jouets...

pompon. Elle avait enfin acheté une veste en patchwork multicolore.

Constatant qu'elle avait déjà dépensé beaucoup d'argent, Mme Bartolotti décida de faire quelque économie. Elle se refusa donc un taxi et rentra chez elle à pied. Mme Bartolotti ne supportait pas les autobus. En passant devant un magasin de jouets, elle se souvint tout à coup que les enfants ont absolument besoin de jouets. Elle prit donc son porte-monnaie dans son sac, en sortit quelques pièces et acheta une boîte de jeu de construction, un petit ours en peluche, un album, une corde à sauter, un revolver en plastique, une poupée qui disait maman, un pantin et un guignol.

Mais, apercevant quelques dizaines de mètres plus loin la vitrine d'un magasin de meubles, elle eut des sueurs froides en pensant que Frédéric avait aussi besoin d'un lit et dans les plus brefs délais. Elle récupéra donc l'argent du loyer dans son portefeuille et entra dans le magasin de meubles pour y chercher un lit d'enfant. Elle en aperçut un, rouge avec un matelas vert décoré d'éléphants blancs. Ce lit et ce matelas étaient les plus chers de tout le magasin.

Mme Bartolotti paya comptant et le vendeur lui promit de faire livrer lit et matelas l'après-midi même.

Mme Bartolotti était sur le point de rentrer lorsqu'elle se souvint tout à coup que Frédéric aimait certainement les sucreries et les glaces. Elle sortit de nouveau son porte-monnaie de son sac, entra chez le boulanger et acheta un paquet de nougats assortis, un autre d'amandes grillées, une boîte familiale de glace à la framboise, une douzaine de chewing-gums et dix bâtons de réglisse.

Frédéric n'était plus au lit lorsque Mme Bartolotti rentra à la maison. Il était debout devant la fenêtre de la salle de séjour, un drap sur les épaules, et observait le spectacle de la rue.

« Bonjour, maman », dit-il.

Mme Bartolotti laissa tomber simultanément les onze sacs en plastique, se glissa hors de son manteau de lièvre gris, jeta sa toque sur la table et essuya la sueur qui perlait à son front.

« Bonjour, Frédéric », répondit-elle en se demandant si c'était ainsi qu'il fallait se comporter avec les jeunes garçons de sept ans. Ne valait-il pas mieux les embrasser ? Ou peut-être les prendre dans ses bras ? Ou encore leur taper sur l'épaule ? Ne fréquentant pas de garçons de cet âge, elle n'avait aucune expérience en la matière. Mme Bartolotti se souvint malgré tout d'avoir vu la vieille Mme Meyer soulever Michel, son petit-fils, puis l'embrasser sur les deux joues. Elle marcha donc droit sur Frédéric et le souleva de terre pour amener son visage à hauteur du sien.

Frédéric la laissa faire sans dire un mot et elle se posa tout à coup des questions sur le bien-fondé de son geste. Finalement, elle reposa le jeune garçon sur le sol sans l'avoir embrassé. Il la dévisageait, l'air dubitatif.

« Pourquoi m'as-tu soulevé de terre puis reposé ? demanda-t-il.

— J'avais l'intention de t'embrasser mais peut-être avais-je tort ?

— Les parents embrassent leurs enfants pour les récompenser d'avoir été sages », dit Frédéric.

Puis il passa un bout de langue sur ses lèvres, plissa le front et ferma les yeux. Il réfléchissait de toute évidence. En effet, il déclara quelques secondes plus tard en jouant avec son drap :

« Je suis resté seul à la maison, je n'ai rien cassé et rien endommagé. J'ai certes retiré un drap du lit pour me le mettre sur les épaules mais j'espère ne pas avoir mal fait. J'avais un peu froid.

— Tu as très bien fait ! le rassura Mme Bartolotti.

— Alors je crois que tu peux m'embrasser. »

Mme Bartolotti souleva de nouveau Frédéric, amena une nouvelle fois son visage à hauteur du sien puis l'embrassa d'abord sur la joue gauche et ensuite sur la droite. La peau de Frédéric était chaude, douce et lisse. Mme Bartolotti constata qu'il était agréable d'embrasser un enfant et l'embrassa donc encore sur les deux joues avant de le reposer sur le sol. Puis elle alla chercher ses sacs en plastique et déballa ses achats.

« Ça te plaît ? » demanda-t-elle en sortant d'un sac un T-shirt imprimé.

« Ça te plaît ? » demanda-t-elle en exhibant une ceinture de cuir dotée d'une énorme tête de taureau en guise de boucle.

A chaque objet qu'elle sortait d'un des sacs, Frédéric approuvait d'un signe de tête mais cette approbation manquait visiblement d'enthousiasme et Mme Bartolotti ne put que le constater.

« Je crois, dit-elle tristement, que tout cela ne te plaît guère.

— Oh si ! répondit poliment Frédéric. Oh si ! ça me plaît. Je suis content.

— J'aimerais en être sûre ! s'écria Mme Bartolotti. Enfile un peu, pour voir ! »

Frédéric hésita un instant puis hasarda :

« Je ne sais pas si c'est la mode, mais... »

Il n'acheva pas sa phrase.

« Mais quoi ?

— Mais... »

Il se tut de nouveau.

« Mais quoi ? Eh bien parle !

— Bon. Si tu y tiens, je vais te le dire, murmura Frédéric. J'ai longuement regardé par la fenêtre et j'ai vu beaucoup d'enfants. Certains avaient mon âge et portaient des vêtements très différents de ceux-ci.

— Et que portaient-ils donc ?

— Des pantalons gris clair, des chemises rayées ou à carreaux et des vestes marron ou bleues.

— C'est parce que les gens sont épouvantablement ennuyeux ! s'écria Mme Bartolotti. Parce qu'ils n'ont aucune fantaisie, qu'ils portent toujours les mêmes vêtements et qu'ils n'ont pas confiance en eux ! »

Mme Bartolotti se frappait la poitrine en parlant et elle semblait ainsi désigner le grand soleil doré, le chevreuil rouge et le chat vert qui ornaient son pull-over.

« Regarde-moi ! ajouta-t-elle. Je porte aussi des vêtements différents de ceux des « gens ». Ce soleil, ce chevreuil et ce chat, c'est moi qui les ai dessinés ! Personne au monde ne porte un pull-over comme le mien et j'en suis fière ! C'est beau, non ?

— Je ne sais pas, répondit Frédéric.

— Bon, bon, soupira Mme Bartolotti. Je vois que tu donnes raison aux « gens » qui sont si différents de moi. Si tu veux, je t'achèterai demain une chemise à carreaux et une veste bleue, d'accord ? »

Mais Frédéric fit non de la tête et expliqua que ce serait de l'argent gaspillé. Il enfila donc son slip à carreaux roses et blancs, passa sa tête dans l'échancrure du T-shirt imprimé et se glissa dans un pantalon de velours violet avec un cœur vert sur chaque genou. Puis il boucla son ceinturon à tête de taureau et posa enfin sur son crâne sa casquette bleu ciel surmontée d'un pompon.

« Tu es beau comme un astre ! s'écria Mme Bartolotti avec enthousiasme. Tu es le plus bel enfant que j'aie vu de ma vie ! »

Elle voulut conduire Frédéric devant la grande glace de l'entrée.

« Viens te voir ! Tu pourras constater comme tu es beau.

— Non, merci ! répondit Frédéric. Les garçons de sept ans ne doivent pas se regarder dans une glace hormis pour se nettoyer les oreilles ou pour se laver les dents, sinon ils deviennent futiles et vaniteux.

— Excuse-moi », murmura Mme Bartolotti. Et elle s'écria, en se rappelant tout à coup la glace à la framboise : « Mon Dieu, elle va fondre ! »

Elle sortit la boîte de glace d'un des sacs, courut à la cuisine, déchira le carton isolant et en posa le contenu dans une coupe en verre blanc. Puis elle prit dans un placard une boîte en fer-blanc qui contenait de longues et minces gaufrettes, les planta artistement dans le cube de glace et contempla son œuvre en trouvant fort beau cette sorte de hérisson à longs piquants. Elle revint trouver Frédéric et lui dit :

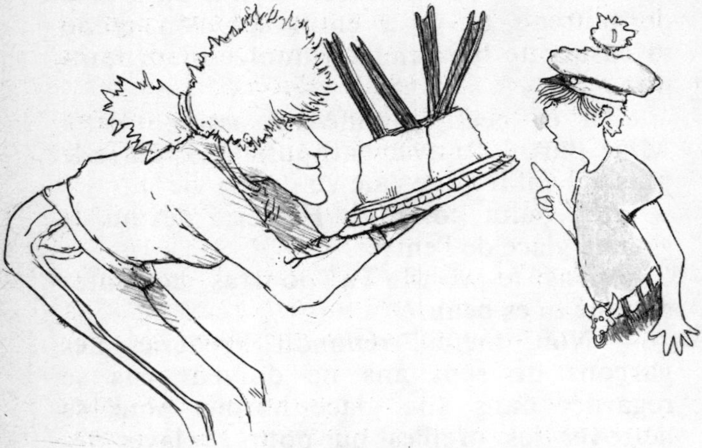

« Tiens, tu vas te régaler !... »

« Tiens, tu vas te régaler ! C'est quelque chose d'extraordinairement bon.

— Mais, d'ordinaire, c'est en été qu'on mange des glaces ! fit remarquer Frédéric.

— Bof, on peut en manger toute l'année. Je les aime surtout en hiver et particulièrement lorsqu'il neige.

— Mais je croyais qu'on servait les glaces au dessert.

— Excuse-moi, mon cœur ! s'écria Mme Bartolotti. J'avais oublié que tu dois mourir de faim. Je vais te préparer un sandwich au jambon et un œuf mollet. Veux-tu un concombre avec ?

— Je n'ai pas faim, répondit Frédéric. Le bouillon de culture m'a nourri pour vingt-six heures. Je voulais simplement savoir si on peut manger de la glace l'estomac vide.

— Tonnerre de tonnerre ! Pourquoi n'arrêtes-tu pas de demander si on peut ou si on ne peut pas ?

— C'est ce que doit faire un garçon de sept ans.

— Je n'ai pas les idées très claires sur ce que doit faire ou non un garçon de sept ans, murmura Mme Bartolotti, passablement troublée.

— Alors je ne mangerai pas de glace aujourd'hui, décréta Frédéric. Tu te renseigneras demain pour savoir quand on peut manger de la glace, n'est-ce pas ? »

Mme Bartolotti acquiesça d'un signe de tête quoique ne sachant guère qui interroger pour se renseigner. Elle était à vrai dire franchement déroutée, ce qui l'amena à manger toute la glace et toutes les gaufrettes, et lui valut quelques crampes d'estomac et quelques brûlures du tube digestif.

Frédéric resta sagement assis en face d'elle et la regarda engloutir la glace. Elle lui tendit plusieurs fois une cuillerée ou une gaufrette en lui demandant s'il ne voulait pas « au moins goûter », mais il refusa obstinément.

Mme Bartolotti venait de terminer la glace lorsque Frédéric lui demanda s'il pouvait l'aider à faire le ménage, laver la vaisselle, ou descendre la poubelle.

« Tu aimes faire ce genre de choses ? demanda-t-elle.

— Aimer, je n'en sais trop rien, mais un garçon de sept ans doit aider sa mère en lui épargnant quelques petites corvées.

— Ah... ah... oui... oui... évidemment ! » bredouilla Mme Bartolotti.

Mais elle estima que la poubelle était encore loin de déborder, que la couche de poussière n'avait pas atteint la cote d'alerte, qu'il y avait suffisamment d'assiettes, de bols, de saladiers et de cuillères propres dans le placard de la cuisine, bref que Frédéric ferait mieux de s'amuser avec ses jouets tout neufs.

Frédéric prit son jeu de construction, souleva le couvercle et observa les cubes.

« Ce sont de très beaux cubes multicolores ! » déclara-t-il. Mme Bartolotti poussa un soupir de soulagement.

« Avec ces cubes, tu peux construire des tours, une locomotive, un hôtel de ville et même un avion », expliqua-t-elle.

Frédéric rabattit le couvercle, glissa le carton sous son bras et demanda :

« Où puis-je jouer ?

— Où ? »

Mme Bartolotti ne comprenait pas le sens exact de cette question.

« Je veux dire, où est mon espace de jeu ? » expliqua Frédéric.

Mme Bartolotti n'avait encore jamais entendu parler d'un espace de jeu et Frédéric dut lui apprendre que les enfants doivent disposer d'un espace ou d'une pièce où ils ont le droit de jouer. Sa mère ne disposant pas d'un appartement avec pièce de jeu, il fallait donc lui délimiter un espace de jeu.

Mme Bartolotti se mit à réfléchir intensément. Elle disposait d'une salle de séjour, d'un atelier, d'une chambre à coucher, d'une cuisine, d'un couloir et d'une salle de bain. Chaque pièce ayant quatre coins, ça faisait en tout vingt-quatre coins. Chacun d'entre eux pouvait devenir espace de jeu mais Frédéric pouvait tout aussi bien jouer au milieu de la salle de séjour.

« Merci, répondit-il, un coin me suffira.

— Alors, trouve-t'en un.

— Où vais-je déranger le moins ?

— Déranger qui ?

— Toi.

— Mais tu ne me déranges pas le moins du monde ! s'écria Mme Bartolotti. Pas du tout, je t'assure ! Tu peux jouer où tu veux !

— Alors, je prends ce coin ! déclara Frédéric en désignant l'angle entre la fenêtre et la porte donnant sur le couloir. Ça va ? »

Mme Bartolotti approuva d'un signe de tête. Frédéric posa son jeu de construction sur le sol, ouvrit le couvercle et regarda de nouveau les cubes.

« Je t'ai encore acheté des tas de choses, lança Mme Bartolotti. Regarde : un ours, une poupée, un album...

— Je crois préférable, l'interrompit Frédéric, et surtout plus raisonnable pour un garçon de sept ans, de ne s'intéresser qu'à un seul jeu à la fois. Il peut ainsi mieux se concentrer et évite de s'énerver.

— Excuse-moi... j'avais oublié ce... ce détail », bredouilla Mme Bartolotti en posant tous les jouets qu'elle avait achetés dans le coin près de la porte. Y compris, bien sûr, la poupée qui disait « maman ».

« C'est pour moi ? » demanda Frédéric en regardant la poupée. Et comme Mme Bartolotti faisait « oui » de la tête, il poursuivit : « Mais je suis un garçon de sept ans.

— Une poupée qui dit « maman » n'est pas pour un garçon de sept ans ?

— Les poupées sont pour les *filles* de sept ans, répondit Frédéric.

— Dommage ! soupira Mme Bartolotti en ramassant la poupée. Elle était si jolie ! »

Elle arrangea la chevelure de la poupée, répartit les bouclettes sur le front, lui chatouilla le ventre et décida de l'offrir à la petite fille qui habitait à l'étage en dessous. Cette petite fille s'appelait Sophie.

Frédéric se mit à empiler ses cubes et à

Frédéric se mit à empiler ses cubes...

construire une tour très haute et très mince.

« Tu sais, Frédéric... », commença Mme Bartolotti. Et elle lui expliqua qu'elle devait travailler un peu, tisser au moins trois centimètres de tapis. Puis elle lui demanda si elle pouvait le laisser seul ou s'il préférait la suivre dans son atelier.

« Comme ça, tu ne serais pas seul », expliqua-t-elle.

Frédéric avait entrepris de bâtir une seconde tour aussi mince que la première.

« Non merci, répondit-il. Je préfère rester ici. Je me doutais bien qu'il te faudrait aller travailler. On nous a expliqué que la plupart des mères ont une activité professionnelle, de nos jours. Il y a des enfants qui vivent chez leur grand-mère, d'autres sont placés dans des crèches ou des garderies, c'est ce qu'on appelle les enfants en nourrice.

— Mon Dieu... » murmura Mme Bartolotti.

Sentant de nouveau l'angoisse la gagner, elle préféra se retirer dans son atelier et s'asseoir devant son métier pour y nouer des bouts de laine violets, vert pomme, rouge sang. Elle tenait à oublier l'étrange attitude de cet enfant qui jouait dans un coin de la salle de séjour. Mme Bartolotti arrivait à faire le vide dans sa tête lorsqu'elle nouait ses bouts de laine. Peut-être était-ce pour cette raison que ses tapis étaient si beaux. Mais oubliant tout ce qui se passait autour d'elle, elle oubliait aussi l'heure. Frédéric surgit tout à coup à ses côtés. Mme Bartolotti le dévisagea puis jeta un coup d'œil à sa montre et constata avec effroi que la nuit tombait.

« Mon Dieu ! s'écria-t-elle. Tu dois être affamé !

— J'ai un peu faim, un tout petit peu », répondit Frédéric.

Mais il expliqua qu'il était venu la voir pour une autre raison. Il avait envie de chanter. Hélas ! il n'avait aucune idée de ce que chantaient les garçons de sept ans. On ne lui avait rien enseigné à ce propos. Ou peut-être lui avait-on enseigné quelque chose mais il n'avait probablement guère été attentif ce jour-là.

« Dis-moi, j'aimerais bien savoir ce que tu as appris, murmura Mme Bartolotti en le dévisageant de nouveau, mais avec curiosité cette fois. Que t'a-t-on enseigné exactement ? Et qui étaient tes professeurs ? »

Frédéric resta muet comme une carpe.

« As-tu eu des maîtres, ou étaient-ce les ouvriers de l'usine qui étaient chargés de ton éducation ? Es-tu resté longtemps aussi rabougri... pardon... je voulais dire aussi desséché qu'avant l'absorption du bouillon de culture ? »

Frédéric ne desserrait toujours pas les dents.

« Tu ne veux pas me répondre ?

— Je n'ai le droit de parler de l'usine qu'en cas de nécessité absolue. Est-ce un cas de nécessité absolue ?

— Non, certes non ! Ce n'est pas un cas de nécessité absolue... »

Et Mme Bartolotti tenta de se souvenir de ce qu'elle avait chanté étant petite fille.

La première chanson qui lui revint en mémoire fut :

« *Il était trois petits enfants*
Qui s'en allaient glaner aux champs... »

Mais elle avait oublié la suite. C'est alors qu'elle pensa à :

« *Trois jeunes tambours*
S'en revenaient de guerre... »

Impossible, hélas ! de se souvenir de la suite.

Elle chercha quelques instants et finit par se rappeler autre chose :

« *La chapelle au clair de lune*
où j'ai tant rêvé de toi... »

Mme Bartolotti se tut. Il ne s'agissait pas d'une complainte enfantine mais d'un succès que fredonnaient les adultes quand elle était petite fille. En se creusant la tête, elle réussit néanmoins à retrouver quelques vraies chansons d'enfant :

« Cadet Rousselle a trois maisons
Qui n'ont ni poutres ni chevrons...

La Tour, prends garde
La Tour, prends garde
De te laisser abattre.

Le p'tit ch'val dans le mauvais temps
Qu'il avait donc du courage !
C'était un petit cheval blanc... »

Mme Bartolotti entonna ces trois chansons l'une après l'autre avec une bonne humeur croissante, puis elle embraya avec d'autres Brassens :

« Le seul reproche au demeurant
Qu'aient pu mériter mes parents
C'est d'avoir pas joué plus tôt
Le jeu de la bête à deux dos. »

Mais lorsqu'elle en arriva à *Le temps ne fait rien à l'affaire* et plus particulièrement au passage où il est dit que *Quand on est con on est con,* elle s'aperçut que Frédéric pâlissait d'inquiétante façon. « La suite est vraiment drôle, pensa Mme Bartolotti. Elle ne peut que le faire rire. »

Aussi chanta-t-elle à pleine voix :

« *Entre vous plus de controverses*
Cons caducs ou cons débutants
Petit cons de la dernière averse
Vieux cons des neiges d'antan. »

Frédéric était devenu blanc comme un cachet d'aspirine. Pour le réconforter, Mme Bartolotti s'empressa d'entonner, d'une voix radoucie :

« *Dans l'eau de la claire fontaine*
Elle se baignait toute nue... »

Frédéric ne put alors retenir ses larmes.

« Frédéric, que se passe-t-il ? s'écria Mme Bartolotti en courant chercher son mouchoir dans son sac à main pour essuyer les larmes qui ruisselaient sur les joues de son fils.

— Je pleure, sanglota-t-il, je pleure parce que je ne sais plus comment réagir. Les garçons de sept ans sont censés écouter attentivement ce que leur dit, leur raconte ou leur chante leur mère. Mais par ailleurs, les garçons de sept ans ne doivent pas tendre l'oreille quand on dit, raconte ou chante des choses indécentes en leur présence !

— Ai-je chanté quelque chose d'indécent ? » s'étonna Mme Bartolotti avec une naïve candeur.

Frédéric hocha la tête. Mme Bartolotti lui

promit de ne plus rien chanter d'indécent et il cessa de sangloter.

C'est alors qu'on sonna.

Non pas comme le facteur ou les livreurs, mais très doucement, trois coups. C'était le code de M. Alexandre, le pharmacien. On était en effet samedi, un de ses jours de visite.

« Ah, je l'avais oublié, ce pauvre Alexandre ! » s'écria Mme Bartolotti en courant ouvrir.

Elle se heurta le coude à la porte de la penderie dans l'entrée et faillit jurer épouvantablement. Mais elle se retint pour ne pas faire pleurer Frédéric.

M. Alexandre avait enfilé son costume noir et noué sa cravate grise. Il tenait à la main un bouquet de violettes et chuchota en entrant :

« J'ai deux merveilleuses places pour l'Opéra...

— Et moi, j'ai un merveilleux gosse ! répondit Mme Bartolotti.

— ... deux fauteuils d'orchestre au premier rang à droite de l'allée... » M. Alexandre se tut et dévisagea son amie en bredouillant : « Co... comment ? »

Frédéric venait de faire son apparition dans l'entrée. Il marcha droit sur M. Alexandre, inclina la tête, tendit la main et dit :

Il tenait à la main un bouquet...

« Bonsoir, monsieur.

— Mon fils ! déclara Mme Bartolotti. Il a sept ans et s'appelle Frédéric. »

M. Alexandre pâlit affreusement, encore plus que Frédéric quelques instants auparavant. Mme Bartolotti comprit qu'elle devait quelques explications à M. Alexandre, mais ne voulant pas parler devant Frédéric, elle murmura :

« Frédéric, mon cœur, je crois qu'il y a une excellente émission pour enfants à la télévision.

— Chic alors ! s'écria le jeune garçon en se dirigeant sans hésiter vers la salle de séjour.

— Tire le bouton du haut, puis enfonce le troisième en partant de...

— Merci, je sais ! répondit Frédéric, qui était déjà dans la salle de séjour. On nous a appris à utiliser un téléviseur. »

Mme Bartolotti entraîna M. Alexandre dans la cuisine, lui tendit un cigare, en prit un, mit de l'eau sur le feu pour le café et lui raconta toute l'histoire. Elle venait de terminer son récit lorsque l'eau se mit à bouillir. Mais, même après qu'elle eut fini de passer le café, M. Alexandre refusait toujours de la croire. Il ne se rendit à l'évidence qu'en voyant la boîte de conserve vide, le sachet ayant contenu le bouillon de culture, les documents et la lettre.

« Quelle histoire ! murmura-t-il. Quelle histoire ! »

Mme Bartolotti approuva d'un signe de tête. M. Alexandre contempla longuement la pointe de ses chaussures vernies, noires comme une aile de corbeau.

« Vous êtes tous là ? cria la voix de Guignol dans la salle à manger.

— Oui, murmura timidement la voix de Frédéric.

— OUIIIII ! vociféra la centaine d'enfants parqués dans le studio de télévision.

— Dis quelque chose, Alexandre ! supplia Mme Bartolotti.

— Renvoie-le à l'expéditeur ! chuchota M. Alexandre.

— Tu n'as pas honte ? » murmura Mme Bartolotti.

Elle prit son ami par la main, l'obligea à se lever, le tira hors de la cuisine, lui fit traverser le couloir et le planta devant la porte de la salle de séjour.

« Regarde ! » chuchota-t-elle.

M. Alexandre regarda et vit sur l'écran un crocodile en plastique doté d'écailles vertes, d'une queue violette à rayures mauves et d'yeux en bouton de culotte rouges, qui rampait derrière un pauvre Guignol inconscient du danger. Guignol, lui, avait une tête en bois peint.

Puis M. Alexandre observa Frédéric assis devant le téléviseur. Le jeune garçon avait toujours sur la tête sa casquette bleu ciel surmontée d'une clochette dorée. Les yeux et la bouche grands ouverts, il avait posé le majeur gauche sur le bout de son nez. Ses oreilles étaient vermillon et quelques cheveux blonds emmêlés dépassaient de la casquette. Tout en lui révélait un enfant charmant.

Comment ne pas avoir envie de l'aimer et de le protéger ?

« Alors ? chuchota Mme Bartolotti.

— Tu as raison, murmura M. Alexandre en hochant la tête. Impossible de réexpédier cet enfant.

— Tu vois ! » conclut Mme Bartolotti.

Sur l'écran, le Guignol à tête de bois, bien moins inconscient du danger qu'il n'en avait

M. Alexandre observa Frédéric assis devant le téléviseur.

l'air, assommait le crocodile en plastique. Les enfants dans le studio de télévision se mirent à hurler comme une horde de singes.

Frédéric lâcha le bout de son nez et se leva en murmurant :

« Pauvre, pauvre crocodile ! »

Puis il se dirigea vers le téléviseur et l'éteignit. L'image disparut avant que le crocodile n'ait rendu l'âme.

« Tu n'aimes pas les marionnettes ? demanda M. Alexandre qui se souvint avoir détesté ce genre de spectacle durant son enfance.

— Il faut être bon pour les animaux, répondit Frédéric.

— Mais enfin, c'était un crocodile ! protesta Mme Bartolotti. Les crocodiles sont des animaux féroces qui mangent les hommes tout crus.

— Ce crocodile, expliqua Frédéric, avait seulement envie de dormir. Le type au bonnet noir l'a réveillé en hurlant comme un grossier personnage.

— Non, non ! Le crocodile voulait attaquer Guignol dans le dos ! s'écria Mme Bartolotti qui, petite fille, avait adoré les spectacles de marionnettes.

— Je ne crois pas que les animaux sachent qu'il est déloyal d'attaquer dans le dos, fit remarquer Frédéric.

— Oui... mais... mais... bredouilla Mme Bartolotti.

— S'il traversait un parc naturel où des animaux sauvages vivent en liberté, l'homme au bonnet noir n'avait pas à descendre de voiture ! expliqua Frédéric. C'eût été plus sûr pour lui et pour ce pauvre crocodile !

— Oui... mais... mais... bredouilla de nouveau Mme Bartolotti.

— Il n'y a pas de mais ! lança M. Alexandre qui buvait du petit-lait. Il n'y a pas de mais ! Ce garçon a raison et fait preuve d'une intelligence et d'une précocité extraordinaires ! »

M. Alexandre contemplait Frédéric avec un plaisir évident. Or M. Alexandre n'avait jamais contemplé un enfant avec plaisir et surtout pas avec un plaisir évident. Et ce plaisir devint de l'enthousiasme lorsque Frédéric déclara :

« Excusez-moi, mais il est temps que j'aille me coucher.

— Es-tu déjà fatigué ? demanda Mme Bartolotti.

— Là n'est pas la question, répondit Frédéric. La plupart des enfants ne sont pas fatigués lorsque arrive l'heure d'aller se coucher. »

Mme Bartolotti n'avait pas d'idées arrêtées sur l'heure à laquelle les enfants doivent se coucher, pas plus que sur la saison la plus indiquée pour manger des glaces. Elle se rappelait seulement avoir d'ordinaire beuglé comme un goret quand on voulait l'envoyer au lit et avoir même continué à brailler une fois couchée. Aussi se contenta-t-elle de maugréer :

« Couche-toi quand ça te plaira ! C'est à toi de sentir si tu es fatigué ou non ! »

Tout en disant cela, elle se souvint qu'on n'avait pas encore livré le lit d'enfant, aussi conclut-elle :

« Le problème du coucher sera vite résolu : tu iras dormir quand on livrera ton lit. »

Frédéric approuva cette solution.

« Veux-tu un bonbon ? » demanda Mme Bartolotti.

— Il est fortement déconseillé de sucer des bonbons le soir, juste avant d'aller au lit ! » répondit Frédéric.

Mais Mme Bartolotti lui mit tout de même un bonbon au chocolat sous le nez. Un bonbon fourré de massepain à la framboise et surmonté d'une amande. Elle le lui tendit jusqu'à ce qu'il ouvre la bouche et l'y poussa alors de force.

« Berthy, tu n'es qu'une tête de linotte ! marmonna M. Alexandre. Cet enfant est plus raisonnable que toi. Estime-toi heureuse d'avoir un fils qui sait combien le sucre est mauvais pour les dents. »

Mme Bartolotti marmonna quelque chose qui ressemblait fort à « saperlipopette » et dévisagea Frédéric avec attention. Elle voulait constater le plaisir qui ne manquerait pas d'illuminer ses traits lorsqu'il sentirait sur sa langue le goût d'un bonbon aussi délicieux. Mais le visage de Frédéric resta sombre. Il avait même plutôt l'air triste et avala son bonbon en disant :

« Merci, mais ça ne me fait pas de bien.

— Enfin, Frédéric ! s'écria Mme Bartolotti en riant. Comment veux-tu qu'un aussi minuscule bonbon te donne mal au cœur. Je comprendrais si tu en avais avalé une boîte entière ! »

Frédéric expliqua qu'il n'avait certes pas mal au cœur mais qu'il souffrait moralement parce que manger des bonbons avant d'aller au lit était interdit. Or on lui avait inculqué que transgresser un interdit provoque des souffrances morales.

« De plus, ajouta-t-il d'une voix morose, j'ai toujours mis un point d'honneur à éviter la souffrance morale. Le respect des interdits était en effet un des enseignements prioritaires qu'on subissait dans l'atelier de finition. On appelait ça « l'heure de la faute ». L'enfant instantané qui faisait alors preuve du moindre défaut de programmation ne quittait pas l'usine. »

Mais Frédéric se tut, se rappelant tout à coup qu'il n'avait pas le droit de parler de l'usine hormis en cas de nécessité absolue.

« Horrible ! soupira Mme Bartolotti.

— Je n'ai jamais vu un gosse aussi fantastique ! s'écria au contraire M. Alexandre. Si tous les enfants étaient bâtis sur ce modèle, j'en aurais un depuis longtemps ! Un garçon de sept ans aussi bien élevé, aussi gentil, aussi correct et délicat, c'est une pure merveille !

M. Alexandre parla encore longtemps...

— Alex, tu n'es qu'un âne ! » déclara Mme Bartolotti.

M. Alexandre fit celui qui n'entendait pas et continua à disserter sur les mérites de Frédéric. Il parla encore longtemps et ne se laissa même pas interrompre par la livraison du lit d'enfant. Il parlait encore tandis que

Mme Bartolotti enfouissait un coussin de la salle de séjour dans une taie d'oreiller, il parlait tandis qu'elle tendait un drap sur le matelas, il parlait toujours tandis qu'elle choisissait sa couette la plus moelleuse et la glissait dans une housse. Il ne cessait de vanter les mérites de cet enfant rarissime et affirmait qu'un tel prodige méritait une excellente éducation, une éducation infiniment meilleure que celle dont Mme Bartolotti allait se montrer capable.

Cette dernière approuvait de temps à autre d'un signe de tête. Il faut dire qu'elle écoutait d'une oreille distraite et arrangeait avec soin la couette sur le lit de Frédéric. Mais lorsque M. Alexandre introduisit trois fois dans la même phrase le mot « père », elle cessa d'approuver, poussa le lit d'enfant dans sa chambre et lança :

« Une minute, Alex, tu permets ? »

Puis elle revint s'asseoir dans son fauteuil à bascule en face de son ami et demanda :

« Dis donc, Alex, j'aimerais bien comprendre pourquoi tu parles de père ?

— Cet enfant a absolument besoin d'un père ! déclara M. Alexandre.

— Mais il en a un ! C'est écrit sur son certificat de baptême. Frédéric Auguste Bartolotti, voilà son père !

— Si c'est son père... objecta M. Alexandre, alors il faut qu'il réapparaisse et se préoccupe de l'éducation d'un tel prodige ! Tel est son devoir... »

Mme Bartolotti vit rouge et se mit à vociférer qu'elle n'avait nul besoin de Frédéric Auguste Bartolotti. Elle avait expédié Frédéric Auguste aux cent mille diables, il y était effectivement allé et le mieux était qu'il y reste !

« Quelqu'un doit prendre la place de ce père absent et je... » commença M. Alexandre.

Mais il dut s'interrompre car Frédéric venait d'apparaître tout nu à la porte de la salle de séjour en demandant où il pouvait se laver et où il trouverait sa brosse à dents.

Or il n'y avait pas de brosse à dents prévue pour lui. En soupirant Mme Bartolotti se résigna à aller retirer ses jeans et ses pulls qui marinaient dans le lavabo pour que Frédéric puisse se débarbouiller.

« Attends un peu, dit-elle. Je vais ranger la salle de bain. »

Et elle soupira encore trois fois. Puis elle revint la mine défaite. Ranger était le labeur qu'elle exécrait le plus au monde !

Lorsqu'elle réapparut dans la salle de séjour, M. Alexandre et Frédéric étaient assis côte à côte, souriants l'un et l'autre.

« Je suis désormais son père ! déclara M. Alexandre. Frédéric est d'accord. »

Ce dernier approuva d'un signe de tête. Mme Bartolotti le fixa quelques instants puis regarda M. Alexandre. Elle soupira de nouveau et murmura :

« Bon, je suppose qu'il ne me reste plus qu'à être d'accord, moi aussi ! »

Elle n'en avait en réalité aucune envie. D'abord elle n'était pas sûre qu'un garçon de sept ans ait absolument besoin d'un père et même s'il lui en fallait un, pourquoi ce vieux dadais de M. Alexandre ? « Alex me convient très bien comme ami bihebdomadaire mais ce n'est pas un père », se dit-elle.

Toutefois, devant le sourire radieux de Frédéric, elle répéta :

« Bon, il ne me reste plus qu'à être d'accord ! »

Un peu plus tard, après que Frédéric se fut endormi — comme un petit ange, avait affirmé M. Alexandre avec ostentation —, les deux amis se retrouvèrent dans la salle de séjour. M. Alexandre buvait un peu de whisky avec beaucoup de soda et Mme Bartolotti un grand verre de vodka où nageait une cerise.

« Il faut que tu ailles dès demain l'inscrire à l'école ! déclara M. Alexandre.

— Demain c'est dimanche. Et je te signale que les écoles sont fermées le dimanche.

— Alors vas-y après-demain. »

Et M. Alexandre ajouta qu'il s'attendait à de grandes joies, notamment lorsque Frédéric collectionnerait les bonnes notes à l'école.

Mme Bartolotti ne ressentit aucune émotion particulière à cette perspective et son cœur de mère ne fit pas un bond dans sa poitrine. Elle avait envie de voir le film policier qui passait ce soir-là sur la deuxième chaîne mais M. Alexandre l'en empêcha en déclarant :

« Laisse tomber ce navet ! J'ai deux mots à te dire. »

Mme Bartolotti n'alluma donc pas le téléviseur et ouvrit ses oreilles de mauvaise grâce. Deux mots ne suffirent pas à M. Alexandre, il lui en fallut une bonne centaine de milliers et lorsque enfin il se tut, il était minuit.

« Bonne nuit, Alex ! » murmura Mme Bartolotti en bâillant.

Puis après l'avoir raccompagné à la porte, elle se glissa dans son lit sans faire de bruit pour ne pas réveiller Frédéric. Quoique fatiguée, elle ne put trouver le sommeil. Les paroles de M. Alexandre faisaient trop de vacarme dans sa tête.

« Tu vas devoir changer radicalement de mode de vie, devenir ordonnée, maternelle, respecter les convenances.

« Tu vas devoir faire preuve de sagesse et ne plus courir partout aussi bizarrement accoutrée.

« Tu vas devoir ranger, faire régulièrement la cuisine et veiller à ne dire que des choses audibles par un enfant de sept ans ou dont il puisse tirer profit.

« Tu vas devoir... devoir... devoir... »

Cette litanie résonnait dans la tête de Mme Bartolotti. Les cent mille mots de M. Alexandre lui paraissaient d'une effrayante monotonie. Même profondément endormie, elle continua à soupirer :

« Tu vas devoir... devoir... devoir... »

Le lendemain matin, Mme Bartolotti s'éveilla beaucoup plus tôt que d'habitude. Elle se frotta les yeux et jeta un coup d'œil sur le lit de Frédéric. Il était vide ! Elle prit peur et elle sauta à bas de son lit en craignant tout à coup que l'existence de Frédéric n'ait été qu'un rêve ! Elle courut dans la salle de séjour et l'aperçut assis dans son coin. Déjà lavé et peigné, il empilait ses cubes en murmurant :

« Ça c'est les unités, ça les dizaines, ça les centaines...

— Que fais-tu ?

— Je m'entraîne à compter. Je vais demain à l'école et il est bon que je me prépare avec soin.

— Avec soin... *avec soin...* » maugréa Mme Bartolotti en se dirigeant vers la cuisine. Lorsqu'elle fut sûre que Frédéric ne pouvait plus l'entendre, elle chuchota : « Je ne peux pas supporter ce mot, je le hais autant

« Ça c'est les unités, ça les dizaines, ça les centaines... »

que *sage, ordonné* ou *bien élevé...* beûrk, beûrk, beûrk ! »

La liste des mots que Mme Bartolotti aurait aimé rayer du dictionnaire était longue. En plus de *sagesse, ordre* et *bonne éducation,* il y avait aussi : *but, sens, quotidien, enrichissant, bon ton, bienséance, usage, femme au foyer, docilité, soumission...*

Elle se réfugia donc dans sa cuisine, se fit du café, un œuf à la coque et prépara pour Frédéric du chocolat et un sandwich au jambon de Parme tout en récapitulant la liste des mots qu'elle haïssait. Puis elle pensa de nouveau aux paroles de M. Alexandre en débarrassant la table de la cuisine. Elle la recouvrit ensuite d'une nappe à fleurs roses et vertes et alla chercher dans le buffet de la salle de séjour quelques éléments du service en plastique pour vingt-quatre personnes (une douzaine seulement). Comme elle n'avait pas de fleurs sous la main, elle posa un verre au centre de la table et y disposa un bouquet de ciboulette et un autre de persil. Puis elle contempla son œuvre en se disant : « Alexandre me ferait certainement des compliments. Personne ne saurait dresser une table et préparer un petit déjeuner de façon plus normale et plus maternelle. »

Frédéric but son chocolat puis mangea son sandwich au jambon de Parme.

« Tu m'as l'air d'avoir très faim, constata Mme Bartolotti.

— Oh non ! répondit Frédéric. Je suis rassasié et je ne peux presque plus rien avaler.

— Alors arrête !

— Mais on doit manger ce qu'on vous présente et tout particulièrement ce qu'on vous sert dans votre assiette », expliqua Frédéric.

Mme Bartolotti s'empressa de retirer le pain, le jambon et le fromage de sur la table et les posa sur une étagère. Voyant que sa mère ne lui présentait plus rien à manger, Frédéric soupira d'aise.

Mme Bartolotti avait pour habitude de travailler le dimanche. Ce jour-là, elle se dit qu'un garçon de sept ans avait certainement besoin de prendre l'air, d'aller se promener ou de jouer au ballon. Peut-être même Frédéric aurait-il envie d'aller à la foire ou au zoo.

Mais Frédéric n'avait envie d'aller ni au zoo, ni à la foire, ni de prendre l'air.

« J'aimerais me préparer pour l'école, déclara-t-il. Je sais déjà lire, écrire et compter car nous avons reçu une excellente formation préscolaire. Toutefois, je ne sais pas où en sont les enfants de mon âge. »

Il demanda donc à Mme Bartolotti d'avoir la gentillesse d'aller emprunter des manuels scolaires à un enfant de sept ans afin qu'il puisse les examiner.

« Oui, mais pourquoi n'irais-tu pas au cours élémentaire ? répondit Mme Bartolotti. Les enfants du cours élémentaire première année ne savent pas encore grand-chose. De plus, l'année scolaire n'est commencée que depuis un mois. »

Mais Frédéric repoussa cette proposition en expliquant qu'il était non seulement un enfant instantané mais aussi un surdoué. Fondamentalement plus intelligent que la moyenne des autres enfants, il ressentirait comme une honte de ne pouvoir faire preuve de ses capacités intellectuelles. Il estimait donc devoir entrer au moins en cours élémentaire deuxième année.

Mme Bartolotti poussa de nouveau un gros soupir, avant de descendre au premier (son appartement était au second) et de sonner à la porte située exactement en dessous de la sienne. C'était celle de la famille Lindemann et Sophie Lindemann, âgée de sept ans, venait d'entrer au cours élémentaire seconde année. Mme Lindemann ouvrit la porte et dans son dos apparut le visage curieux de la petite Sophie. Celui non moins curieux de M. Lindemann ne tarda pas à paraître à son tour. Mme Bartolotti n'avait jamais adressé la parole aux Lindemann bien qu'ils fussent ses voisins depuis cinq ans. Mme Bartolotti n'adressait jamais la parole à ses voisins qui, il faut bien le dire, ne semblaient guère désireux d'engager la conversation avec elle. Les habitants de l'immeuble la tenaient pour une excentrique, surtout à cause de sa façon de s'habiller et de se maquiller. En plus elle avait coutume de parler toute seule dans les escaliers.

Mme Bartolotti ne soupçonnait pas ses voisins de la prendre pour une excentrique mais, en voyant la mine ahurie du trio Lindemann, elle comprit que sa demande risquait fort d'être perçue comme étrange. Pourquoi une adulte aurait-elle donc besoin de livres scolaires ?

« Vous désirez ? » demanda Mme Lindemann.

Mme Bartolotti tourna sept fois sa langue dans sa bouche avant de trouver un mensonge. Elle finit par en inventer un dans sa tête :

« Mon neveu est en visite chez moi et veut lire ; et puis, il me faut finir un tapis dont le motif central doit être extrait d'un manuel scolaire ; or il y a un très beau dessin à la page 23 du livre de lecture... »

« Vous désirez ? » répéta Mme Lindemann.

Mme Bartolotti estima que ses mensonges seraient tous aussi stupides les uns que les autres et préféra avouer la vérité :

« Je dois inscrire demain mon fils à l'école et il désire se familiariser avec ses futurs manuels scolaires. Je sais que votre fille est en CE2 et j'ai pensé que vous auriez l'amabilité de me prêter ses manuels pour l'après-midi. Je vous les rapporterai ce soir. »

M. et Mme Lindemann étaient des gens bien élevés et les gens élevés savent qu'on ne

« Vous désirez ? » demanda Mme Lindemann.

pose pas de questions indiscrètes. Quoique parfaitement ahuris, ils s'écrièrent en chœur :

« Oui, oui... bien sûr ! »

Sophie Lindemann était une enfant très bien élevée, mais une enfant ne peut tout de même pas être aussi bien élevée qu'un adulte. Elle n'avait pas encore, en sept ans de vie, eu le temps de comprendre toutes les subtilités de la politesse. Aussi demanda-t-elle :

« Vous avez un fils, madame Bartolotti ?

— Chut ! fit Mme Lindemann et elle ajouta à voix basse : On ne pose pas des questions pareilles. »

Sophie approuva d'un signe de tête et courut dans sa chambre d'où elle revint avec son livre de lecture et son manuel d'arithmétique. Mme Bartolotti les prit, remercia et monta chez elle. M. Lindemann referma la porte.

« Ils n'ont pas eu l'air étonné, se dit Mme Bartolotti en montant les escaliers. Mais pourquoi auraient-ils dû avoir l'air étonné ? Il est normal qu'une femme de mon âge ait un fils. »

Si Mme Bartolotti avait pu voir à travers le plancher, elle aurait pu constater que la famille Lindemann était en réalité fort étonnée et ne trouvait pas du tout normal qu'elle ait un fils. Les trois Lindemann, aussitôt la porte refermée, ne cessaient de répéter :

« Elle a un fils ! Un fils de sept ans ! C'est dingue cette histoire ! Elle a un fils ! »

Mme Lindemann poussa un profond soupir et déclara :

« Je veux bien avaler mon balai si elle a un fils !

— Et si elle a vraiment un fils, ajouta M. Lindemann, pourquoi n'a-t-il toujours pas de manuels scolaires à sept ans ? Pourquoi n'entre-t-il à l'école que demain ?

— Puis-je monter voir son fils ? demanda Sophie.

— Impossible ! lui répondit sa mère. Mme Bartolotti ne t'a pas invitée.

— Pourrais-je au moins aller chercher mes livres, ce soir ? insista Sophie.

— Oui, éventuellement... dit M. Lindemann. Mais ne monte pas trop tôt. Je ne veux pas que tu aies l'air d'une curieuse. Tu n'as qu'à y aller en fin d'après-midi. »

Sophie, ravie, attendit la fin de l'après-midi avec une impatience croissante.

Frédéric dévora le livre de lecture et le manuel d'arithmétique avec un plaisir évident. Mais il fut horrifié de constater que Sophie avait dessiné dans les marges des fleurs et des petits bonshommes. En outre, tous les « o » du livre de lecture étaient coloriés.

« Les enfants ont-ils le droit de faire ça ? » demanda-t-il.

Mme Bartolotti n'en était pas très sûre et elle répondit qu'à son époque du moins les élèves n'avaient pas le droit d'enjoliver leurs manuels scolaires.

« Mais le temps passe ! ajouta-t-elle. Depuis les méthodes pédagogiques ont beaucoup changé.

— Ça doit être ça », conclut Frédéric.

Mme Bartolotti lui fournit un crayon, un stylo, du papier quadrillé et du papier interligné. Frédéric fit des opérations, feuilleta de nouveau le livre de lecture, lut des passages à haute voix et recopia des mots puis des phrases en hochant la tête d'un air satisfait. Mme Bartolotti, qui commençait à se sentir de trop, décida de terminer son tapis en nouant les franges. Elle aurait déjà dû le livrer depuis deux semaines. Nouer les franges est un travail épouvantablement monotone, ce qui explique qu'elle le repoussât de jour en jour. Elle le repoussait toujours jusqu'au moment où elle avait absolument besoin d'argent. Or elle venait de dépenser toutes ses économies pour vêtir Frédéric.

Mme Bartolotti prit donc une pelote de laine verte et une navette en bois. Elle embobina la laine autour de la navette et coupa tous les fils du tapis avec une grande paire de ciseaux. Elle se retrouva donc face à une houppe de fils de même longueur.

« Ma chère enfant, se dit-elle, prends ton crochet et noue les franges.

— Tout de suite, maman ! » répondit Frédéric.

Il fallut un certain temps à Mme Bartolotti pour expliquer à Frédéric qu'il ne s'agissait pas de lui lorsqu'elle disait « ma chère enfant ». Cette formule au féminin ne pouvait d'ailleurs pas s'adresser à un garçon. Frédéric venait de comprendre lorsqu'on sonna. Il courut ouvrir et revint en compagnie de M. Alexandre.

« Toi ! s'exclama Mme Bartolotti. Mais qu'est-ce que tu viens faire ?

— Pourquoi me poses-tu cette question ? demanda M. Alexandre. Je ne dérange pas, j'espère.

— Bien sûr que non, tu ne déranges pas. Mais samedi c'était hier et mardi c'est après-demain.

— Tout cela n'a plus de sens maintenant que je suis le père de Frédéric, décréta M. Alexandre.

— Ah... ah... bon... bon... oui... oui... murmura Mme Bartolotti. Et je vais recevoir la visite de ce père combien de fois par semaine ?

— Chaque fois qu'il pourra venir. »

Mme Bartolotti songea que M. Alexandre

passait huit heures par jour dans sa pharmacie mais qu'en dehors de ça, il n'avait rien d'autre à faire. Il n'avait ni femme, ni ami, ni enfant (hormis Frédéric), ne jouait pas au tennis, n'assistait pas aux matches de football, ne lisait pas, ne regardait pas la télévision, ne faisait pas d'excursions et ne jouait pas aux échecs.

« Tu vas donc pouvoir venir souvent ! conclut-elle à haute voix et sans paraître ravie outre mesure.

— Évidemment, répondit M. Alexandre qui, lui, rayonnait de bonheur. Je viendrai vous voir dès que j'aurai un instant de libre. Sauf quand Frédéric dormira. Un enfant n'a pas besoin de père pendant son sommeil. »

Mme Bartolotti continua à nouer les franges de son tapis en souhaitant que Frédéric dorme comme un loir.

M. Alexandre voulut aussitôt tester les connaissances de Frédéric en arithmétique. Il ne se contenta pas de l'interroger sur les premières pages du manuel mais alla chercher des difficultés dans les dernières pages. Frédéric ne fit pas une seule erreur. Il avait même tendance à calculer plus vite que M. Alexandre, savait lire aussi bien qu'un adulte et écrivait sans fautes d'orthographe.

« Cet enfant ne doit pas aller en CE1 ni même en CE2, s'écria M. Alexandre avec enthousiasme. Il faut absolument l'inscrire en CM1 ou en CM2.

— Un enfant de sept ans ne peut pas entrer en CM2, fit remarquer Mme Bartolotti en nouant sèchement une frange rétive.

— Sauf s'il est doué comme mon Frédéric ! »

Mme Bartolotti en oublia son tapis.

« Ton Frédéric ? Comment, *ton* Frédéric ?

— Excuse-moi ! Je voulais dire notre Frédéric.

— Mon Frédéric ! lança Mme Bartolotti non sans amertume.

— Berthy, nous n'allons pas nous disputer et surtout pas en présence de cet enfant. »

Mme Bartolotti approuva d'un signe de tête et reprit son ouvrage.

« Mais quels que soient les dons de Frédéric, objecta-t-elle, ils ne le prendront pas en CM2. Ça, j'en suis sûre.

— Alors on doit aménager pour lui un examen spécial. Il faut absolument faire une exception pour un tel surdoué !

— S'il vous plaît, s'écria Frédéric, s'il vous plaît, pas d'examen spécial ! Je serai très bien en CE2. A l'école, on n'apprend pas seulement à lire, à écrire et à compter. On apprend aussi à vivre en communauté, on apprend à chanter, à dessiner et à faire du sport. Autant de choses que j'ignore et que j'aimerais apprendre.

— Si tu le dis, ça doit être vrai... » soupira M. Alexandre.

Frédéric avait effectivement découvert dans le livre de lecture de Sophie certaines choses qu'il ignorait. Il ne savait pas ce qu'étaient une perce-neige, un saint Nicolas, un Père Noël, une rose, un œillet.

M. Alexandre lui fit un petit exposé sur saint Nicolas et le Père Noël. Frédéric écouta avec une attention soutenue. Lorsque M. Alexandre se tut, il consulta la feuille sur laquelle il avait pris des notes et dit :

« Bon, je récapitule : le Père Noël a des ailes et descend du ciel pour porter des cadeaux aux enfants. Les enfants riches en reçoivent beaucoup, les pauvres peu et les très pauvres pas du tout. Saint Nicolas n'a pas d'ailes mais une crosse dorée. Il passe trois semaines avant le Père Noël et distribue lui aussi des cadeaux selon le même principe. C'est bien ça ? »

Mme Bartolotti ne put s'empêcher de ricaner et M. Alexandre de balbutier :

« Enfin... tu sais, Frédéric... je... je crois que ce n'est pas exactement... Je veux dire...

— Mon pauvre Alex, tu ferais mieux de te taire, l'interrompit Mme Bartolotti, qui ajouta en se tournant vers Frédéric : Tout ce qu'il vient de te raconter est faux et archifaux. Il n'y a pas de Père Noël, pas de saint Nicolas... pas plus que de cloches de Pâques.

— De cloches de quoi ? demanda Frédéric.

— On raconte qu'à Pâques, ce sont les cloches qui apportent les œufs en chocolat, expliqua Mme Bartolotti. Mais tout ça, c'est des contes à dormir debout inventés par les parents, les grands-parents, les oncles et les tantes.

— Pourquoi ?

— Que veux-tu que j'en sache ! répondit Mme Bartolotti. Les adultes ont certainement envie de se faire plaisir en racontant des idioties à leurs enfants. Ils se croient probablement intelligents et drôles.

— Mais enfin, Berthy, je te ferai remarquer que... tenta de dire M. Alexandre.

— Laisse-moi parler. Ce que je dis est la pure vérité. Les adultes ne cessent de vouloir façonner les enfants à leur image. Ils ne cessent de leur répéter : regardez comme nous sommes forts, malins, intelligents et généreux !

— Berthy, je m'insurge ! On ne parle pas comme ça en présence d'un enfant ! chuchota M. Alexandre. Berthy, je t'en prie, reprends-toi !

— Tu me tapes sur les nerfs ! » s'écria Mme Bartolotti.

M. Alexandre n'insista pas et préféra proposer une promenade à Frédéric.

« Au revoir, maman. »

« Nous allons visiter une église, puis nous irons chez un fleuriste. Je te montrerai des roses, des œillets et des perce-neige... si nous en trouvons. Allez viens, prends ta casquette. Maman n'est pas de bonne humeur, aujourd'hui. »

Frédéric alla chercher sa casquette et déclara :

« Voilà, papa, je suis prêt ! Au revoir, maman. »

Puis il s'en alla avec M. Alexandre.

Mme Bartolotti les regarda partir en faisant la moue, une moue très laide et très furibonde. A peine entendit-elle la porte se fermer qu'elle se mit à marmonner :

« Avoir un enfant, bon, d'accord ! Je n'ai rien contre. Mais avoir le père par-dessus le marché, non merci ! S'il y en a un que je n'ai pas commandé, c'est bien celui-là ! »

Sophie Lindemann vint chercher ses livres et fut très déçue d'apprendre que le fils de Mme Bartolotti était parti se promener avec son père. Elle s'attarda une bonne demi-heure, espérant qu'ils n'allaient pas tarder à rentrer. Au bout d'une demi-heure, qu'elle passa assise à côté de Mme Bartolotti à lire l'album de Frédéric et à peigner la chevelure blonde de la magnifique poupée, on sonna à la porte.

Cette fois, c'était Mme Lindemann.

« Veuillez excuser ma fille, qui doit vous importuner, dit-elle à Mme Bartolotti. Nous l'avions autorisée à venir chercher ses livres et non à s'installer chez vous. » Elle parlait d'une voix aimable mais changea de ton pour s'adresser à Sophie : « Viens, le dîner va être froid. On ne reste pas si lontemps chez les gens quand on n'a pas été invité ! »

Mme Bartolotti eut beau affirmer que chez elle on pouvait rester aussi longtemps qu'on voulait, même sans être invité, Mme Lindemann s'entêta :

« Non, non, ce n'est pas des manières ! »

Elle avait retrouvé son ton aimable. Toutefois, lorsque Mme Bartolotti voulut offrir la poupée à Sophie, elle ne put s'empêcher d'intervenir :

« Pas question ! On n'accepte pas des cadeaux aussi chers ! »

Mme Lindemann voulut reprendre la poupée que sa fille serrait déjà dans ses bras.

« Que voulez-vous que Frédéric et moi fassions de cette poupée ? demanda Mme Bartolotti.

— Oh ! maman, s'il te plaît... s'il te plaît ! supplia Sophie.

— Mais c'est impossible ! s'écria Mme Lindemann. Absolument impossible. Je ne peux pas accepter, vraiment pas ! »

Elle se répéta une bonne douzaine de fois

Mme Lindemann voulut reprendre la poupée que sa fille serrait déjà dans ses bras.

jusqu'à ce que Mme Bartolotti sente la moutarde lui monter au nez :

« Vous ne pouvez peut-être pas accepter, mais votre fille semble avoir très envie de le faire...

— Oui, oui, j'ai très envie d'accepter ! » dit Sophie en serrant la poupée contre son cœur.

Elle la serrait si fort que Mme Lindemann dut se résigner. Aussi murmura-t-elle d'une voix toujours aussi aimable :

« Alors sois gentille et dis merci à Mme Bartolotti. »

Sophie remercia très gentiment et sa mère en profita pour la pousser en direction de la porte en répétant trois fois :

« C'est trop, je vous assure, c'est trop ! ».

Mme Bartolotti ferma la porte en pensant que les gens étaient décidément bien compliqués et très sévères. Puis elle se rappela qu'il était l'heure de penser au dîner. Le problème, c'est qu'elle n'avait pas de quoi préparer un dîner. Elle se dit alors qu'il était fort possible d'aller dîner dehors et de manger un steak au poivre avec des champignons et des pommes de terre en robe des champs. Il lui fallut cependant renoncer à ce projet puisque ni dans son portefeuille, ni dans sa bourse en cuir, ni dans son porte-monnaie, il ne restait le moindre sou. Mme Bartolotti avait l'habitude de ce genre de situation. Sauter un repas de temps à autre ne la gênait guère mais, ce soir-là, les cent mille mots de M. Alexandre lui revinrent en mémoire.

« Ma chère enfant, se dit-elle, une mère digne de ce nom doit fournir à son cher petit Frédéric un vrai dîner copieux et convenable. »

Mme Bartolotti alla s'asseoir dans son

fauteuil à bascule, alluma un cigare et attendit qu'à la troisième bouffée une idée germe dans sa tête. En attendant, elle se balança. Il lui fallut cinq fois trois bouffées pour concocter l'idée suivante :

« Ce brave Alexandre a absolument envie d'être père. Bien. Il veut être le père de Frédéric ? Or un père doit débourser de l'argent pour son fils. Parfaitement ! Cela s'appelle payer une pension alimentaire. Alexandre va donc commencer à m'en verser une dès ce soir en nous invitant à dîner. »

Voilà ce qu'imagina Mme Bartolotti. Lorsque Frédéric et son père rentrèrent de promenade, elle fit un exposé très clair de la situation. M. Alexandre eut l'air quelque peu surpris et bredouilla qu'il n'avait pas assez d'argent sur lui, n'ayant pas pensé à ce détail.

« Qu'à cela ne tienne, répondit Mme Bartolotti, verse-moi une avance ! »

M. Alexandre sortit deux cents francs de son portefeuille et Mme Bartolotti se déclara satisfaite, estimant qu'avec une telle somme on pouvait se payer deux steaks au poivre accompagnés de champignons et de pommes de terre en robe des champs. Il resterait même un peu d'argent pour des glaces à la framboise et du jus de pomme.

Mme Bartolotti entraîna donc Frédéric au restaurant *Le Chamois dodu* tandis que M. Alexandre rentrait chez lui. Aussitôt revenu du restaurant, Frédéric alla se coucher, Mme Bartolotti noua encore un mètre de franges en se disant :

« Il va falloir que je fasse rentrer de l'argent dès demain ! »

Il ne se passa plus grand-chose ce jour-là, mais tout recommença dès le lendemain lundi.

Le lendemain, Mme Bartolotti se réveilla dès quatre heures et demie. Pour la première fois de sa vie, elle se sentait les idées claires d'aussi bonne heure. Elle se glissa furtivement hors de son lit pour ne pas réveiller Frédéric bien que ce fût inutile puisqu'il avait déjà les yeux grands ouverts.

« Je ne pouvais pas me rendormir, expliqua-t-il, parce que je suis très content d'aller à l'école. »

Mme Bartolotti alla faire un tour dans la salle de bain. Elle se regarda dans le miroir et constata qu'elle n'était pas dans un bon jour.

« J'ai l'air aussi vieille qu'horrible ! » lança-t-elle à son image et elle pensa : « Les instituteurs ne me prendront jamais pour la mère de Frédéric ! Tout juste accepteront-ils de croire que je suis sa grand-mère si ce n'est son arrière-grand-mère ! »

Elle se sentait si énervée qu'elle cassa un coquetier et un bol en préparant le petit déjeuner.

« Qu'as-tu ? demanda Frédéric. Est-ce ce qu'on appelle avoir les nerfs en pelote ? »

Mme Bartolotti lui expliqua qu'elle se sentait effectivement tendue parce qu'elle ne savait pas encore comment expliquer au directeur de l'école voisine que son fils âgé de sept ans devait entrer en CE2 sans avoir jamais fréquenté l'école.

« En CM1, rectifia Frédéric. J'ai bien réfléchi cette nuit et j'ai pensé que le CE2 ne me conviendrait pas car je risque de m'y ennuyer terriblement.

— Mais comment veux-tu entrer en CM1 sans avoir eu de livret scolaire attestant que tu es susceptible de passer dans la classe supérieure ? »

Frédéric alla fouiller dans le placard de la cuisine et en sortit l'enveloppe en plastique bleu contenant ses papiers. Elle était pourvue d'une poche latérale que Mme Bartolotti n'avait pas remarquée. Frédéric l'ouvrit et en sortit un livret scolaire vert pomme.

« Voilà le livret, dit-il.

— De quelle classe ?

— Il suffit de l'écrire », répondit Frédéric en tendant le livret à Mme Bartolotti.

Sur la couverture était inscrit : *Livret scolaire,* et en dessous : *Frédéric BARTOLOTTI.* L'intérieur était truffé de bonnes notes dans toutes les matières : gymnastique, musique, dessin, rédaction, lecture, écriture, calcul,

Sur la couverture était inscrit...

sciences naturelles, histoire et géographie.

Mme Bartolotti découvrit aussi une petite phrase sur la dernière page : *L'élève Frédéric Bartolotti est admis à passer en...* Le tout était suivi de cette signature toujours illisible : Humbert, Honbert ou Monbert.

Un tampon tout aussi indéchiffrable authentifiait la signature.

« Et quelle école t'a délivré ce livret scolaire ? » demanda Mme Bartolotti en le tournant dans tous les sens jusqu'à ce qu'elle repère une inscription en caractères gras :

ÉCOLE PRIMAIRE FRANÇAISE DU CAIRE (ÉGYPTE)
SOUS CONTRAT AVEC L'ÉTAT

« Fantastique ! murmura Mme Bartolotti.

— Qu'est-ce qui est fantastique ? demanda Frédéric. Les bonnes notes ?

— Tu n'as jamais mis les pieds en Égypte, hein ?

— Malheureusement non. Mais ne crains rien, ce livret scolaire est parfaitement valable. L'atelier d'enseignement de l'usine était une filiale de cette école du Caire. Tout est donc bien légal. » Frédéric toussota avant d'ajouter : « L'école du Caire possède un cycle scolaire accéléré, et je suis tout à fait apte à entrer en CM1 malgré mon âge. »

Mme Bartolotti se demanda si tout cela était vraiment légal mais elle se sentit néanmoins rassurée de pouvoir présenter une pièce d'apparence officielle. Enfin, elle n'était pas complètement rassurée puisqu'elle demanda :

« Et si on te pose des questions sur cette école du Caire, que vas-tu répondre ? »

Frédéric affirma qu'il en savait plus à ce propos que n'importe lequel de ses futurs petits camarades. On l'avait préparé à ce genre d'embûches.

« Bon, conclut Mme Bartolotti. On y va ! »

Elle mit les papiers, les certificats de vaccination et le livret scolaire dans son sac, posa sa toque de fourrure sur sa tête et revêtit son manteau de lièvre gris.

« Un instant, maman ! dit Frédéric. Passe-moi le livret scolaire. »

Mme Bartolotti le sortit de son sac et le lui tendit.

« Passe-moi aussi un stylo », ajouta Frédéric.

Mme Bartolotti lui prêta le sien. Frédéric écrivit sur le pointillé de la dernière page : *CM1*. Ce qui donna la phrase suivante :

L'élève Frédéric Bartolotti est autorisé à passer en CM1.

Il attendit que l'encre sèche puis rendit le livret à Mme Bartolotti qui le remit dans son sac. Il posa alors sur sa tête sa casquette bleu ciel surmontée d'un pompon et enfila sa veste en patchwork de tricot.

Ils allaient atteindre le rez-de-chaussée lorsque Sophie Lindemann les rattrapa. Elle portait son cartable sur le dos. Dévisageant Frédéric avec curiosité, elle lui demanda :

« Tu vas aussi en CE2 ?

— Non, répondit frédéric en hochant la tête. J'ai bien réfléchi et j'entre en CM1. »

Cette réponse étonna tellement Sophie qu'elle ne sut que dire et resta figée de stupeur sur les marches tandis que Frédéric et Mme Bartolotti poursuivaient leur chemin.

Ils allaient atteindre le rez-de-chaussée lorsque Sophie Lindemann les rattrapa.

Pour atteindre l'école primaire du quartier, il fallait descendre la petite rue étroite où habitait Mme Bartolotti, puis tourner dans une grande avenue, longer sept immeubles et tourner de nouveau dans une ruelle.

Frédéric et Mme Bartolotti allaient déboucher dans la grande avenue lorsque Mme Bartolotti fit remarquer à son fils :

« Tu sais, Frédéric, je crois que tu n'as pas été très raisonnable en disant à Sophie que...

— Je sais, l'interrompit Frédéric. Je m'en suis aperçu. C'était imprudent et je ne le ferai plus. »

En tournant dans la ruelle où était située l'école, il prit la parole à son tour :

« Il faut que je te dise, maman. Ce n'est pas très agréable pour moi d'être contraint à... (il chercha le mot qui convenait et le trouva en atteignant la porte de l'école)... à la dissimulation. Je préférerais de beaucoup pouvoir dire la vérité aux gens mais les situations hors du commun engendrent des réactions imprévisibles, nous a dit le chef de l'atelier de finition.

— Ce monsieur avait bien raison, soupira Mme Bartolotti.

— Or ma situation est très extraordinaire, poursuivit Frédéric. Du moins jusqu'à ce que la majorité des enfants soient créés comme moi. C'est pour cette raison que je risque de susciter des réactions imprévisibles.

— Certes, fit Mme Bartolotti en poussant la porte de l'école. Certes, Frédéric, mais — ne te fâche pas, je t'en prie —, je pense que pour éviter certaines réactions imprévisibles, tu devrais parler aux gens de façon plus... enfantine.

— Je ne parle pas de façon enfantine ? Et comment parle-t-on de façon enfantine ?

— Je n'en sais rien. Je ne fréquente guère les enfants de sept ans... murmura Mme Bartolotti tout en escaladant, et non sans souffler, l'escalier qui menait au premier étage. Mais je crois que les enfants de sept ans ont une syntaxe plus simple que la tienne et qu'ils ne connaissent pas certains mots.

— Quels mots ? »

Mme Bartolotti n'eut pas le temps de répondre car ils arrivaient devant le bureau de la directrice. M. Alexandre était en faction devant la porte dudit bureau. Il avait enfilé son costume noir, noué une cravate noire et serrait sous son coude un porte-documents noir lui aussi.

« Alexandre... ! Que fais-tu là, Alex ? » s'écria Mme Bartolotti.

M. Alexandre fit « chut, chut ! » en signifiant à son amie de parler bas.

« Finalement, c'est moi le père ! chuchota-t-il. Je pense que vous pourrez avoir besoin de moi, tous les deux, en cas de difficultés. Je me dois donc d'être à vos côtés. »

Mme Bartolotti soupira si bruyamment que M. Alexandre fit de nouveau « chut, chut ! ».

« Alex, je t'en prie, rentre chez toi ou à la pharmacie ! gronda Mme Bartolotti. Va où tu veux mais va-t'en !

— Il n'en est pas question ! gronda à son tour M. Alexandre. Je suis le père donc je reste. »

Et il frappa à la porte de la directrice.

« Entrez ! » répondit une voix de femme.

M. Alexandre ouvrit la porte et pénétra dans le bureau suivi de Frédéric et de Mme Bartolotti. Frédéric donnait sagement la main à sa mère.

« Vous désirez ? » demanda une dame plus très jeune et passablement rondelette.

Elle ne se tenait pas derrière son bureau mais devant et portait une pile de cahiers.

« Nous désirons inscrire notre fils dans votre école », répondit M. Alexandre.

La dame plus très jeune et passablement rondelette posa la pile de cahiers sur son bureau et s'étonna ouvertement.

« Inscrire ? Maintenant ? Et pourquoi maintenant ? Au cours préparatoire ? Mais il fallait remplir cette formalité au printemps ! De plus la classe va commencer. Il est huit heures moins une, ma collègue, Mme Perrot, est malade et je dois la remplacer en CM1. Vous allez d'ailleurs entendre la sonnerie.

— Il n'est pas question d'inscrire mon fils en cours préparatoire. Mon fils ira en CE2! lança M. Alexandre.

— Non, en CM1 ! s'écria Mme Bartolotti en jetant un regard entendu à M. Alexandre. En CM1 puisqu'il sort de CE2. » Son regard en direction de son ami se fit plus appuyé. « Il vient du Caire. Il était en CE2 *au Caire* ! »

M. Alexandre ne comprenait pas un traître mot de ce que racontait Mme Bartolotti. Il devina toutefois qu'il valait mieux se taire.

La sonnerie tinta dans le couloir et le visage de la directrice prit tout à coup une expression inquiète.

« Que vais-je donc faire de vous ? se mit-elle à gémir. Je ne peux pas laisser seuls les élèves de CM1. C'est une classe terrible. Il faut que j'y aille. »

Mme Bartolotti estima que l'inscription d'un élève en CM1 ne prendrait pas plus de quelques minutes. La directrice répliqua qu'il faudrait au contraire remplir avec beaucoup de soin un grand nombre d'imprimés. Finalement elle accepta d'aller s'asseoir derrière son bureau après s'être fait donner les papiers, les certificats de vaccination et le livret scolaire de Frédéric. M. Alexandre ouvrit des yeux grands comme des soucoupes en apercevant ce livret scolaire délivré par l'école française du Caire. La directrice n'eut d'ailleurs pas l'air moins étonnée. Elle parut cependant très flattée d'hériter d'un aussi bon élève, venant d'une école aussi lointaine, et déclara :

« Ça va aller vite, en effet. Vous avez tous les documents et papiers nécessaires. Nous allons ainsi éviter bien des tracas. »

Quelques minutes plus tard, la directrice emmenait Frédéric en CM1 après lui avoir fourni un crayon, un stylobille et un cahier puisqu'il était arrivé les mains vides.

Mme Bartolotti et M. Alexandre regardèrent disparaître Frédéric qui suivit la directrice au second étage du bâtiment. Mme Bartolotti se sentait soulagée de voir que cette inscription s'était bien passée. M. Alexandre, lui, se plaignit à voix basse. Il avait mal à l'orteil droit. Mme Bartolotti venait en effet de le lui écraser trois fois en moins d'une minute dans le bureau de la directrice. Intentionnellement, lorsque cette dernière s'était adressée à lui en l'appelant : « Cher monsieur Bartolotti » et qu'il avait voulu objecter : « Pardon, je ne m'appelle pas Bartolotti. » Il n'avait eu que le temps de dire : « Pardon, je... » Mme Bartolotti lui avait écrasé l'orteil droit et il s'était tu instantanément.

« Quelle scandaleuse façon de traiter mon orteil ! maugréa M. Alexandre en descendant l'escalier.

— Je suis désolée, répondit Mme Bartolotti mais je ne voyais pas comment faire autrement. »

En fait, elle n'était pas le moins du monde désolée. Elle aurait même volontiers écrasé aussi l'orteil gauche de M. Alexandre, car elle trouvait qu'il se mêlait beaucoup trop de sa vie privée et de celle de son fils.

M. Alexandre reprit en boitillant le chemin de sa pharmacie. Il se sentait affreusement vexé.

« Peut-être est-il suffisamment vexé pour ne pas réapparaître de la journée ! » espéra Mme Bartolotti avec un ricanement.

Elle se trompait !

A midi pile, Mme Bartolotti alla chercher Frédéric à l'école.

M. Alexandre était là lui aussi. Toujours aussi vexé que le matin, il expliqua à Mme Bartolotti qu'il ne pouvait pas savoir si elle viendrait ou non chercher son fils.

« De plus, tu es toujours en retard ! » insinua-t-il.

Mme Bartolotti vit rouge. Elle n'était presque jamais en retard, du moins pour les choses importantes.

« Le gens de ton espèce sont d'insupportables calomniateurs ! s'écria-t-elle. Parce que je tisse des tapis, parce que je n'ai pas de mari et parce que je me farde abondamment, je

« Bartolotti, trotti, trotti !... »

devrais en plus être constamment en retard, hein ? Tu n'es qu'une langue de vipère !

— Plus bas, je t'en prie ! Les gens nous regardent, maugréa M. Alexandre en sortant quelques billets de son portefeuille. Tiens, voilà le reste de la pension alimentaire. Je te la verserai le premier de chaque mois. »

Mme Bartolotti empocha l'argent et tenta de sourire. Sans grand succès toutefois. La cloche sonna.

« Il va bientôt sortir, dit M. Alexandre.

— J'espère que l'école lui aura plu, dit Mme Bartolotti.

— Il aura certainement déjà eu une bonne note, dit M. Alexandre.

— Je m'en moque éperdument !», dit Mme Bartolotti.

Un groupe de garçons s'élança dans la rue, puis un groupe de filles et enfin une horde de garçons et de filles mélangés dont Frédéric.

Il aperçut Mme Bartolotti et M. Alexandre et se dirigeait droit vers eux lorsqu'un garçon cria dans son dos :

« Bartolotti, trotti, trotti ! Bartolotti, trotti, trotti ! »

Mais Frédéric fit celui qui n'entendait pas.

« Ça t'a plu ? demanda Mme Bartolotti.

— Tu as eu une bonne note ? » demanda M. Alexandre.

Frédéric fit non de la tête.

« Comment non ? s'écria M. Alexandre visiblement déçu. Veux-tu aller en CE2 ?

— Ça va pas la tête ! maugréa Frédéric. Plutôt me foutre à l'eau ! On s'emmerde dans c'te classe. J'ai pas eu de bonne note parce que j'ai pas moufté !

— Frédéric ! Comment parles-tu ? s'exclama M. Alexandre dont le front se rida de sept plis d'horreur.

— Comme un enfant, répondit Frédéric. Enfin... du moins comme ceux de ma classe ! » Puis il ajouta en se tournant vers

Mme Bartolotti : « Je crois avoir compris ce que tu me disais ce matin. J'ai même fait la moitié du chemin qui me permettra de leur ressembler tout à fait. » Et il expliqua, en s'adressant de nouveau à M. Alexandre : « J'ai pris soin de ne pas ouvrir la bouche de toute la matinée. J'attends de savoir comment parle un enfant de sept ans. Mais — et il sourit — demain, je parlerai et j'aurai une bonne note. Si ça peut te faire plaisir... »

Frédéric, encadré de Mme Bartolotti et de M. Alexandre, s'engagea dans la grande avenue.

« Il est délicat, fit-il remarquer tout à coup, de bien distinguer ce qui est de l'ordre du langage enfantin de ce qui n'est que pure et simple grossièreté. Il va falloir que j'étudie ce problème de près. »

Le trio s'engageait dans la rue où habitait Mme Bartolotti lorsque Sophie le rattrapa en courant. Elle faisait de grands signes à Frédéric. Mme Bartolotti s'arrêta pour l'attendre.

« N'est-ce pas cette enfant mal élevée qui habite en dessous de chez toi ? » demanda M. Alexandre et il ajouta en voyant Mme Bartolotti opiner du bonnet : « J'aimerais que Frédéric évite de fréquenter une petite fille qui m'a déjà plusieurs fois tiré la langue. »

Mme Bartolotti trouva Sophie fort sympathique tout à coup.

« Mon fils, affirma-t-elle, fréquentera cette petite fille s'il le désire.

— Mais le mien, non ! » gronda M. Alexandre.

Le trio s'engageait dans la rue où habitait Mme Bartolotti lorsque Sophie le rattrapa en courant.

Sophie Lindemann n'était plus qu'à quelques pas.

« Que dois-je faire ? demanda Frédéric. La fréquenter ou non ?

— Tu dois... aïe ! » fit M. Alexandre.

Mme Bartolotti lui avait de nouveau écrasé l'orteil droit.

« Tu vois, ricana-t-elle. Ton père te donne son autorisation ! »

Sophie venait de rejoindre Frédéric.

« Bonjour, madame », dit-elle.

M. Alexandre se contenta d'incliner sèchement la tête et Frédéric lui adressa un grand sourire.

« C'est aujourd'hui mon anniversaire, déclara Sophie. Je donne une fête et ça me ferait drôlement plaisir si tu venais. Ça commence à cinq heures. Salut et à tout à l'heure ! »

Sophie Lindemann partit à fond de train. Elle semblait très pressée, probablement à cause de tout ce qu'il lui restait à préparer. Frédéric la suivit mais beaucoup plus lentement, toujours escorté de ses père et mère.

« Je suis contre de telles fréquentations, bougonna M. Alexandre. Cette enfant est très mal élevée.

— Tu ne vas tout de même pas en faire une maladie ! s'écria Mme Bartolotti. Il s'agit d'une enfant très normale, et jolie de surcroît.

— Ça te plaît d'aller à son anniversaire ? » demanda M. Alexandre en guettant la réaction de Frédéric.

Ce dernier prit le temps de réfléchir. Puis il déclara ne pas trop savoir s'il en avait envie ou non. Sophie ne lui était pas antipathique mais surtout il estimait utile d'assister à son anniversaire pour poursuivre son observation du comportement des enfants de son âge.

M. Alexandre poussa un profond soupir. D'une part il ne voulait pas abuser de son autorité et d'autre part il craignait pour ses orteils. Mme Bartolotti lui jetait en effet des regards inquiétants. Aussi n'ouvrit-il pas la bouche lorsqu'elle déclara :

« Frédéric, c'est très simple. Lorsque tu iras cet après-midi à l'anniversaire de Sophie, tu seras mon fils et lorsque tu dormiras sagement dans ton lit le soir, tu seras le sien.

— Oui, maman ! » dit Frédéric.

M. Alexandre ne se déclara pas battu pour autant. Devant la porte de l'immeuble, il prétendit avoir oublié que Frédéric devait absolument l'accompagner en fin d'après-midi au parc d'attractions pour monter sur la grande roue.

« Alex, retourne immédiatement dans ta pharmacie ! » lança Mme Bartolotti d'une voix qui tremblait de colère.

M. Alexandre n'avait nullement l'intention de retourner dans sa pharmacie. Il l'avait fermée et ne comptait pas la rouvrir avant deux heures. Il lui restait donc plus d'une heure de liberté qu'il espérait bien passer dans l'appartement de son amie. Mais celle-ci déclara sur un ton sans réplique :

« Nous avons à faire ! Nous devons entre autres choses nous occuper d'un cadeau pour Sophie. De plus je n'ai rien prévu à manger pour toi et nous avons envie d'être seuls, compris ?

— Eh bien alors, au revoir », murmura tristement M. Alexandre en reprenant le chemin de sa pharmacie.

Frédéric le suivit des yeux, l'air triste, lui aussi.

« Papa me fait de la peine, murmura-t-il.

— T'en fais pas pour lui, lança Mme Bartolotti. Ce n'est qu'un vieux sot !

— Mais c'est mon père et je l'aime. »

Frédéric avait l'air de plus en plus triste. Mme Bartolotti s'empressa de le rassurer : elle aussi aimait beaucoup M. Alexandre, et était très attachée à lui. Frédéric retrouva aussitôt le sourire.

Après le déjeuner, Mme Bartolotti chercha un cadeau pour Sophie et trouva dans l'armoire de la salle de séjour un service à thé de poupée qu'elle avait dû commander un jour par inadvertance.

Elle s'aperçut alors que Frédéric avait une grande envie de dire quelque chose au sujet de M. Alexandre. Il n'arrêtait pas en effet de faire des remarques du genre :

« Les parents doivent bien s'entendre, c'est préférable pour les enfants... » ou : « Si les parents se disputent, les torts sont souvent partagés... » ou : « Chaque être humain a son caractère mais on doit se supporter les uns les autres... »

Mme Bartolotti nettoya le service en murmurant quelques « oui... oui... » et quelques « ah !... ah !... », bien décidée à ne pas parler de M. Alexandre. Sinon, se dit-elle, je vais me mettre en colère, le traiter de tous les noms et Frédéric va encore avoir l'air triste. Mais elle prit aussi la décision de ne plus dire du mal de M. Alexandre en son absence et de ne lui écrabouiller les orteils que quand Frédéric regarderait ailleurs.

A cinq heures moins cinq, Frédéric piaffait d'impatience dans le couloir derrière la porte. Il s'était débarbouillé trois fois, peigné deux fois et avait ciré ses sandales. Il tenait à la main une boîte à chaussures enveloppée de papier rose et ornée d'un nœud vert à douze boucles. Mme Bartolotti avait décoré ce papier rose de cœurs rouge vif et la boîte contenait le service à thé miniature.

« Tu sais, Frédéric, tu peux descendre ! dit Mme Bartolotti.

— Il n'est que cinq heures moins trois, hésita Frédéric.

— Qu'importe, pour quelques minutes ! »

Mais Frédéric n'osa pas descendre. On entendait des bruits de pas et des rires d'enfants dans l'escalier.

« Les autres invités arrivent », remarqua Mme Bartolotti.

Frédéric hocha la tête mais ne bougea pas d'un pouce.

« Florian aussi est invité, fit-il remarquer.

— Un garçon sympathique ? demanda Mme Bartolotti.

— C'est le gros patapouf qui a crié tout à l'heure : Bartolotti, trotti, trotti !

— Il voulait plaisanter », affirma Mme Bartolotti en souriant pour être plus crédible.

Elle espérait ainsi éviter de faire de la peine à Frédéric.

« Tu crois vraiment à ce que tu dis ? » demanda ce dernier en la regardant avec tant d'insistance qu'elle cessa de sourire et baissa tristement la tête. « Alors pourquoi me mens-tu ? soupira le petit garçon.

— Pour ne pas te faire de peine.

— Ce n'est pas en me racontant des mensonges que tu éviteras de me faire de la peine, dit Frédéric, qui voulut savoir pourquoi certains enfants se moquaient des autres sans raison. Ça, on ne m'en a pas parlé à l'usine. Alors explique-moi ! »

Mme Bartolotti ne se sentait pas en mesure de fournir une explication cohérente, du moins sur-le-champ. Elle promit à Frédéric de réfléchir à la question et de lui donner une réponse après l'anniversaire de Sophie.

« Je n'oublierai pas, parole d'honneur ! dit-elle.

— Et pas de dérobade... insista Frédéric.

— Parole d'honneur.

— Bon, je descends », déclara Frédéric tandis que Mme Bartolotti lui ouvrait la porte.

Elle le regarda descendre les marches et, alors qu'il était encore dans l'escalier, elle lui lança :

« Et si ce crétin de Florian se moque encore de toi, flanque-lui une paire de baffes ! »

Le jeune garçon s'immobilisa.

« C'est quoi, une baffe ? »

Mme Bartolotti s'avança sur le palier et cria :

« Je voulais dire : flanque-lui une correction, casse-lui la figure, mets-lui la tête au carré, mon petit !

— Je n'ai pas appris à faire ce genre de choses ! » répondit Frédéric pensif.

Et il continua de descendre l'escalier. Mme Bartolotti ne pouvait plus le voir mais elle l'entendit sonner chez les Lindemann. La voix de Sophie ne tarda pas à claironner :

« Salut, Frédéric ! Chouette que tu sois venu ! Entre donc... Ah, un paquet ! C'est sûrement mon plus beau cadeau d'anniversaire... »

Mme Bartolotti referma la porte de son appartement et alla dans la salle de bain

« Flanque-lui une correction... »

rafraîchir un peu les couleurs de son maquillage. Elle ajouta beaucoup de bleu sur ses paupières, beaucoup de rouge sur ses lèvres et beaucoup de rose sur ses joues. Puis elle se réfugia dans son atelier, s'assit à son métier à tisser et commença un tapis. Elle dessina une fleur rouge veinée de rose sur fond bleu. La fleur était moins belle que ses créations habituelles. Mme Bartolotti ne pensait pas assez à cette fleur et trop aux enfants qui se moquaient des autres. Elle trouva d'emblée une explication très simple : il s'agissait d'enfants méchants, de sales petits morveux nés comme ça. Puis elle se souvint que sa mère lui avait toujours dit : « Ma chère enfant, prends exemple sur ta cousine Louise qui est plus gentille que toi ! » Mais la petite Berthe Bartolotti faisait la sourde oreille et, chaque fois qu'elle rencontrait sa cousine Louise, elle lui tirait la langue en faisant : « Beûrk, beûrk, beûrk ! » Mme Bartolotti se souvint aussi qu'elle avait dans son jeune temps toujours traité son petit voisin, Paul, de « cul merdeux ».

« Pourquoi me conduisais-je ainsi ? songea-t-elle. Je n'étais pourtant pas une enfant méchante, une sale petite morveuse. Probablement étais-je très fière de n'avoir jamais été sale, moi ! »

Mme Bartolotti poussa un profond soupir en se disant que les moqueries d'enfants étaient un problème bien difficile à élucider et que ça n'allait pas être simple de trouver une explication satisfaisante pour Frédéric.

Au même instant, Frédéric était dans la chambre de Sophie, assis à la table dressée pour le goûter. Il y avait du chocolat, de la tarte aux fruits, des petits fours et du jus de pomme. Un gros lampion bariolé était suspendu au plafond. Outre Frédéric, Sophie avait invité quatre autres enfants : Florian, Antoine, Sylvie et Martine. Florian et Sylvie étaient élèves de CM1, Antoine et Martine étaient dans la même classe que Sophie. Florian avait une bonne tête de plus que Frédéric et était assis à côté de lui. Il ne lui avait pas encore adressé la parole mais s'était abstenu de claironner son fameux : « Bartolotti, trotti, trotti ! » Frédéric s'en trouvait fort aise. Sylvie et Martine s'étaient montrées plus sympathiques à son égard. Étant plutôt curieuses, elles voulaient absolument savoir pourquoi il venait seulement d'arriver chez sa mère et pourquoi son père, le pharmacien, n'était pas marié avec Mme Bartolotti. Frédéric ne savait que répondre et se sentit soulagé d'entendre Sophie interrompre ce flot de questions d'un ton péremptoire :

« Fichez-lui la paix ! »

Antoine n'avait pas fait preuve d'une amabilité excessive. Il faisait même franchement la gueule et bourrait Frédéric de coups de pied sous la table. Très amoureux de Sophie et fort jaloux, il la trouvait beaucoup trop aimable vis-à-vis de ce nouveau venu. Frédéric ignorait ce détail, ne sachant d'ailleurs pas ce qu'était la jalousie.

Antoine heurta la tasse de chocolat de Frédéric en voulant s'emparer d'une part de tarte au centre de la table. La tasse se renversa et inonda la nappe avant de se mettre à goutter sur la moquette.

« Maman, maman, viens vite, le chocolat ! » s'écria Sophie avec effroi.

Elle savait que sa mère était très fière de la blancheur immaculée de sa moquette. Mme Lindemann accourut avec une éponge

Antoine heurta la tasse de chocolat de Frédéric...

humide et tenta aussitôt de faire disparaître la tache en gémissant :

« Vous ne pouviez pas faire attention ! Vous n'êtes plus des bébés ! »

La tache de chocolat résistait obstinément.

« C'est pas moi ! beugla Antoine et il ajouta en désignant Frédéric : C'est lui !

— Quel menteur ! s'écria Sophie.

— Vous n'allez pas, en plus, vous chamailler ! » gronda Mme Lindemann.

Elle continua à frotter consciencieusement. Son visage retrouva peu à peu de sa sérénité au fur et à mesure que la tache disparaissait.

« Allez dans la salle de séjour, conclut-elle. Il faut laisser sécher la moquette et puis vous aurez plus de place pour votre course en sac et votre course à l'œuf. N'oubliez pas de prendre des œufs durs ! Je les ai préparés sur la table de la cuisine. »

Les enfants déménagèrent donc dans la salle de séjour où ils poussèrent table et chaises dans un coin afin de faire de la place pour la course en sac, la course à l'œuf et celle du verre d'eau. Frédéric n'avait encore jamais joué à tous ces jeux, mais il était très doué en toutes choses. A la course en sac, il atteignit le premier la porte de la chambre à coucher, il arriva aussi le premier devant la porte de la salle de bain, son verre d'eau encore plein, et franchit la porte de la cuisine sans avoir fait tomber son œuf en équilibre sur une cuillère. Florian fit tomber le sien dès le départ, renversa la moitié de son verre d'eau en cours de route et fut le dernier à toucher la porte de la chambre à coucher dans la course en sac. Il en conçut une grande colère et se mit à vociférer :

« Bartolotti, trotti, trotti ! »

Antoine l'imita aussitôt.

« Si vous n'arrêtez pas immédiatement, je vous flanque à la porte ! » prévint Sophie.

Antoine et Florian se turent instantanément mais jetèrent des regards venimeux en direction de Frédéric.

Pour son anniversaire, on avait offert à Sophie un jeu du dictionnaire. Elle voulut y jouer et alla chercher les cartes ainsi que la règle du jeu. Antoine et Florian jetèrent un coup d'œil sur les questions posées.

« Ces questions sont idiotes ! décréta Florian.

— Ce jeu est idiot ! décréta Antoine.

— On n'y joue pas ! » décrétèrent les deux garçons en chœur.

Ils adoptèrent cette attitude en constatant qu'ils ne savaient pas répondre aux questions posées. En revanche, lorsque Frédéric regarda les cartes à son tour, il déclara qu'elles n'étaient pas du tout idiotes. Antoine et Florian se liguèrent contre lui, se vissèrent l'index sur la tempe et se moquèrent de lui. Frédéric voulut néanmoins commencer à

A la course en sac Frédéric atteignit le premier la porte de la chambre.

jouer et entreprit de répondre aux questions :

« La capitale de la Pologne est Varsovie, la tour penchée est située à Pise, la racine carrée de 144 est 12...

— Bouh... Bouh... ooouuuh ! Frimeur ! beugla Antoine.

— Tout ça c'est du baratin ! Il frime ! Il ne sait rien ! brailla Florian en bourrant le ventre de Frédéric de coups de poing.

— Cogne-le ! » souffla Sylvie à Frédéric.

Florian fit tomber son œuf dès le départ...

Mais ce dernier se contenta de hocher la tête.

« C'est une poule mouillée, il a la trouille ! Bouh ! s'écria Florian. Trouillard, trouillard !

— Mais qu'est-ce que tu attends pour cogner ? » chuchota de nouveau Sylvie. Lorsqu'elle vit Frédéric encaisser sans broncher, elle se tourna vers Martine et soupira : « C'est vrai, c'est une poule mouillée. Il en prend plein la figure, et il ne réagit pas ! »

Martine était la meilleure amie de Sylvie et lui donnait toujours raison. Aussi conclut-elle à son tour :

« C'est vrai, c'est une poule mouillée. Il en prend plein la figure et il ne réagit pas.

— Il est vraiment trop nunuche pour nous ! » conclurent Sylvie et Martine en accompagnant Florian et Antoine dans la salle de séjour où ils se mirent à jouer à la bataille.

« Tu veux que nous nous amusions avec ma poupée ? demanda Sophie à Frédéric.

— Très volontiers. Mais explique-moi ce que je dois faire. Je n'ai appris à jouer qu'avec des trains électriques ou des jeux de construction, et à lire des livres. »

Sophie alla chercher sa poupée, son landau de poupée et son service à thé de poupée. Puis elle débarrassa un coin de la salle de séjour des affaires qui y traînaient et y installa le landau de poupée, posa le service sur une petite table et fit semblant de servir du café dans les tasses avec la petite cafetière.

« Tu es le papa et moi la maman, déclara-t-elle. Notre bébé est dans le landau. Tu as compris ? »

Frédéric comprit instantanément.

« Je suis Alexandre le pharmacien et toi tu es Berthe Bartolotti. »

Sophie approuva d'un signe de tête.

Antoine bombardait les deux amis avec les coquilles de noix.

Frédéric sut très vite parfaitement jouer au papa et à la maman. Sophie lui confia d'ailleurs qu'elle ne connaissait personne sachant jouer comme lui à ce jeu. Mais Antoine ne cessait de les importuner. Il avait délaissé la partie de cartes, mangeait des noix et bombardait les deux amis avec les coquilles.

« Je te déteste ! » hurla-t-il tout à coup.

Frédéric jeta un regard angoissé à Sophie.

« Toi aussi, tu veux que je le cogne ? demanda-t-il.

— Seulement si ça te fait très plaisir », répondit Sophie qui eut l'air de penser que si Frédéric ne se battait pas, c'était tout à son honneur. Cette réponse rasséréna quelque peu le jeune garçon. « J'ai une idée, proposa-t-elle tout à coup. Nous allons imaginer que nous sommes en été, que nous vivons à la campagne et qu'il y a beaucoup de mouches. Chaque fois que nous recevrons une coquille de noix nous dirons que c'est une mouche. »

Frédéric fut aussitôt d'accord et chaque fois qu'une coquille les atteignait les deux amis s'écriaient :

« Ah, encore une mouche ! Décidément, c'est une année à mouches ! »

Puis ils pouffaient de rire.

Antoine, lui, manqua s'étrangler de rage et ne tarda pas à rentrer chez lui.

« Je vous déteste tous les deux ! » cria-t-il en claquant la porte.

Apparemment, c'en était donc fini de sa passion pour Sophie.

A sept heures, Mme Lindemann pénétra dans la salle de séjour pour allumer le téléviseur et déclarer la fête terminée. Sophie raccompagna ses invités à la porte de l'appartement. Martine et Sylvie lui demandèrent en prenant congé :

« Dis donc, Sophie, qu'est-ce que tu lui trouves à cette poule mouillée ?

— On s'est ennuyés ! affirma Florian. Tout ça à cause de cette espèce de nouille ! » ajouta-t-il en donnant un grand coup de poing dans le ventre de Frédéric.

Sophie frappa Florian d'un direct du droit...

Il savait que ce dernier ne riposterait pas. Mais il avait compté sans Sophie qui, cette fois, prit la mouche.

« J'en ai marre ! » s'écria-t-elle.

Elle frappa Florian d'un direct du droit à l'estomac, lui sonna les côtes d'un crochet du gauche et faillit lui casser un tibia en shootant à toute volée.

Florian quitta l'appartement en beuglant de douleur.

« Je ne reviendrai jamais chez toi et je me vengerai... je me vengerai ! vociféra-t-il en descendant l'escalier à cloche-pied.

— Décidément on aura tout vu ! s'exclama Sylvie. La voilà qui se bat pour défendre une poule mouillée !

— Ça doit être son nouvel amour... ! » conclut Martine.

Et les deux amies s'en allèrent.

Sophie raccompagna Frédéric jusqu'à la porte de Mme Bartolotti.

« T'as entendu ? chuchota Frédéric. Ton amie a dit que j'étais ton nouvel amour.

— Elle n'a pas tort, répondit Sophie, à voix basse.

— Vrai ?

— Vrai ! »

Et Sophie hocha énergiquement la tête. Frédéric hésita un peu puis hasarda :

« Tu ne dis pas ça pour me consoler, au moins ?

— Non ! répondit Sophie en riant. C'est vrai de vrai. Je t'aime. Je t'aime beaucoup. Tu me plais plus que tous les autres.

— Chouette ! murmura Frédéric.

— Demain, nous irons à l'école ensemble,

proposa Sophie. Et puis nous rentrerons aussi ensemble et l'après-midi nous irons jouer dans le parc. Le premier qui t'embêtera aura affaire à moi. Et il aura intérêt à faire drôlement gaffe, je suis très forte !

— Merci. »

Frédéric sonna chez Mme Bartolotti. Sophie redescendit chez elle mais, avant de disparaître au tournant de l'escalier, elle agita encore une fois la main.

« C'était bien ? demanda Mme Bartolotti en ouvrant la porte.

— Tout n'était pas bien, répondit Frédéric, mais beaucoup de choses étaient merveilleuses.

— Ça, c'est la vie, mon petit ! » soupira Mme Bartolotti en conduisant Frédéric dans la cuisine.

Pour le dîner il y avait au menu du thon, du pain aux raisins, des bâtons de réglisse et des gâteaux salés pour apéritif. Mme Bartolotti avait de nouveau oublié de faire les courses. Tout en étendant une tranche de thon sur son pain aux raisins, Frédéric demanda :

« Est-il normal qu'une fille de sept ans protège un garçon du même âge ? Ne devrait-ce pas plutôt être le contraire ? »

Mme Bartolotti, qui suçait un bâton de réglisse, ne le sortit pas de sa bouche pour répondre :

« Peu importe qui protège qui, Frédéric ! L'essentiel est que soit protégé celui qui a besoin de l'être.

— Tu crois ? Tu ne penses pas que les gens vont se moquer de moi ? »

Cette fois, Mme Bartolotti sortit le bâton de réglisse de sa bouche, le plongea dans la sauce du thon et se remit à le suçoter avant de répondre :

« Mon Dieu, Frédéric ! Écoute bien ce que je vais te dire, car c'est plus important que le reste : ne te soucie jamais de ce que pensent les gens ! » Mme Bartolotti touilla la sauce du thon et ajouta d'un air rêveur : « Si tu t'occupes de ce que pensent les gens et si tu ne fais que ce qu'ils font, alors tu finiras par leur ressembler et tu ne pourras plus te supporter ! »

Mme Bartolotti cessa de touiller la sauce du thon et regarda son fils droit dans les yeux.

« Tu comprends ?

— Hélas non ! répondit Frédéric en mordant simultanément dans son pain aux raisins et dans sa tranche de thon. Mais je sais que Sophie m'aime...

— Tiens, tiens, vous m'en direz tant ! s'écria Mme Bartolotti visiblement ravie. Ça, ça s'arrose !

— Maman, je t'en prie ! s'écria Frédéric.

— Excuse-moi. Je voulais dire : je vais arroser ça ! »

Mme Bartolotti alla chercher la bouteille de whisky dans son armoire et s'en versa une double dose.

« A ta santé, mon fils ! » s'écria-t-elle avant de vider son verre d'un trait.

Mme Bartolotti venait de le reposer sur la table lorsqu'on sonna à la porte de l'appartement. Un coup de sonnette mi-long mi-court et presque tendre. Mme Bartolotti soupira.

« Qui est-ce ? » demanda Frédéric.

Mme Bartolotti se dirigea lentement vers la porte en expliquant :

« Mi-long, mi-court et tendre, mon petit, ça ne peut être qu'Alexandre le pharmacien. »

Et de fait, M. Alexandre ne tarda pas à faire son apparition dans la cuisine. Il portait un gigantesque sac en plastique qu'il déposa près de la porte. Lorsqu'il aperçut les reliefs du dîner, son visage se ferma.

« Quelque chose qui cloche ? » lança Mme Bartolotti.

M. Alexandre leva l'index droit, l'agita convulsivement sous le nez de Mme Bartolotti et bougonna :

« Des protéines, des protéines animales ! voilà ce dont a besoin un garçon de sept ans. Pas de bâtons de réglisse ! Des vitamines A, B, C, D, voilà ce qui est sain pour un garçon de sept ans !

— Il en aura demain, affirma Mme Bartolotti en éloignant de son nez l'index de M. Alexandre.

— Il en aura dès aujourd'hui ! déclara M. Alexandre en saisissant le grand sac en plastique, dont il sortit un paquet de biscottes, une pomme et un gros morceau de fromage. Tiens, mon petit, voilà un vrai dîner d'enfant !

... il sortit un paquet de biscottes...

— Merci », murmura Frédéric sans enthousiasme.

Il venait en effet d'avaler quatre grosses tartines de pain aux raisins, une demi-boîte de thon et trois bâtons de réglisse.

« Il a déjà dîné, fit remarquer Mme Bartolotti.

— Il n'a pas encore dîné ! Ce pauvre gosse se détruit l'estomac, maugréa M. Alexandre en poussant le fromage et les biscottes en direction de Frédéric. Mais ça va changer, mon cher enfant ! affirma-t-il.

— Et qu'est-ce qui va changer, s'il te plaît ? » lança Mme Bartolotti dont le regard se chargea comme une nuée d'orage.

M. Alexandre entreprit de ranger quelques menus objets : épingles à cheveux, fourchette, quelques tiges de ciboulette, une paire de ciseaux à ongles qui traînaient sur un tabouret puis s'assit. Pas besoin d'être devin pour comprendre qu'il s'apprêtait à tenir un long discours mais qu'il craignait la réaction de Mme Bartolotti.

« Qu'est-ce qui va changer ? » répéta-t-elle, le sourcil de plus en plus menaçant.

Le pharmacien battit de la paupière — signe de tension chez lui —, se frotta les mains et se jeta à l'eau :

« Ma chère enfant, tu es adorable et très gentille mais pas du tout faite pour élever un garçon aussi doué que Frédéric. J'ai donc décidé de prendre son éducation en main. »

Mme Bartolotti éclata de rire. Mais son rire n'avait rien d'aimable, bien au contraire.

« Ah ! bon, siffla-t-elle rageusement. Tu as décidé ça. Bien, très bien. Dans ce cas, va te faire voir ailleurs. Fais toi-même un enfant ou commande-t'en un. Celui-là, le pauvre gosse, tu pourras en faire ce que tu voudras, je n'ouvrirai pas la bouche ! Mais tu vas laisser mon Frédéric en paix, espèce de pharmacien blafard ! Cornue biscornue ! Fond de bocal ! Vieille pommade rance ! »

M. Alexandre se mit à trembler de fureur mais parvint à rester assis sur son tabouret de cuisine et reprit :

« Ma chère enfant, tu peux essayer de me blesser autant que tu voudras, je ne céderai pas tant qu'il s'agira de l'avenir de mon fils. »

Mme Bartolotti tressaillit de la tête aux pieds, courut vers le buffet, y prit l'enveloppe contenant les papiers de Frédéric, l'ouvrit d'une main tremblante, en sortit l'extrait de naissance et se mit à vociférer :

« Là, là ! Lis un peu ce qui est écrit ! Certainement pas Alexandre le pharmacien ! Non, non ! Auguste BARTOLOTTI, le père s'appelle Frédéric Auguste BARTOLOTTI ! »

Mais M. Alexandre n'eut pas l'air troublé le moins du monde. Il expliqua que Frédéric l'avait librement choisi comme père et qu'il s'était contenté d'entériner ce choix. De plus,

Auguste Bartolotti était parti aux cent mille diables depuis des lustres et n'avait donc en aucun cas une attitude de père. Mme Bartolotti l'avait enfin reconnu à son tour en tant que père puisqu'elle exigeait une pension alimentaire.

« Et qui paie la pension alimentaire est le père ! » s'écria-t-il.

Berthe Bartolotti aurait volontiers continué à incendier M. Alexandre. Elle l'aurait même encore plus volontiers empoigné par la peau du cou, traîné à travers la cuisine puis dans le couloir et flanqué à la porte. Mais elle n'osa pas le faire car M. Alexandre venait de sortir de son grand sac en plastique un porte-plume, des cahiers, une boîte de crayons et des feutres de couleur, et un cartable en toile rouge.

« Oh, comme c'est beau ! Comme tu es gentil ! » s'écria Frédéric en prenant les affaires et en les admirant.

Il se précipita notamment sur le porte-plume et s'empressa d'écrire Frédéric BARTOLOTTI sur ses affaires de classe.

« Mais peut-être ta mère t'a-t-elle déjà acheté tout ce dont tu avais besoin pour l'école ? insinua sournoisement M. Alexandre. Une bonne mère n'oublie jamais ce genre de choses !

— Non, je n'ai rien acheté, répondit Mme Bartolotti en rougissant de honte, ce qui la rendit encore plus agressive. Ces crétineries d'affaires scolaires ! se mit-elle à crier. Comme s'il n'existait rien de plus important que ces absurdités de cahiers, ces imbéciles de crayons de couleur et cette horreur de cartable rouge !

— Mais... maman, balbutia Frédéric. Tu n'as pas le droit de dire une chose pareille ! »

Les larmes lui perlaient aux paupières.

« J'aimerais que Frédéric vienne vivre chez moi, déclara M. Alexandre. J'ai plus de répondant et plus d'argent que toi. Je peux lui procurer une gouvernante triée sur le volet, l'envoyer dans une excellente école privée, lui procurer...

— Un père trié sur le volet, bougre d'âne ! » l'interrompit Mme Bartolotti.

Pour le coup, Frédéric se mit à pleurer à chaudes larmes. Elles ruisselaient sur ses joues et inondaient le fromage. M. Alexandre sortit un mouchoir propre de sa poche, le fit se moucher, lui essuya les joues, lui tapota la mimine et lança à Mme Bartolotti :

« Tu vois que tu ne sais pas élever un enfant ! » Et il ajouta en se tournant vers Frédéric : « J'espère que tu as compris que tu seras à l'avenir plus en sécurité chez moi, mon cher petit. »

Frédéric s'était calmé et fixait obstinément la table de la cuisine. M. Alexandre attendait sa réponse en cillant nerveusement tandis que sept plis soucieux ridaient de nouveau son front.

« Je ne sais pas encore ce qui serait le mieux pour moi, dit Frédéric très doucement. Personne à l'usine ne m'a préparé à affronter un tel contexte familial.

— Mon petit, lança Mme Bartolotti en prenant une profonde inspiration afin de pouvoir parler d'une voix à peu près calme. Mon petit, écoute la voix de ta conscience ! Tu dois bien savoir où tu te sentiras le mieux. »

Frédéric n'eut pas à réfléchir très longtemps pour comprendre qu'il aimait beaucoup Mme Bartolotti mais tout autant M. Alexandre. Il sentait qu'il était triste de les voir se disputer, qu'il ne pourrait en aucun cas choisir entre eux.

Mme Bartolotti fouilla dans son sac et en sortit son étui à cigares. Elle y prit le plus long et le plus gros. Il lui en fallait absolument un. Elle l'alluma en pensant : « Comment pourrais-je inciter Frédéric à rester avec moi ? »

Elle tira trois profondes bouffées tandis que M. Alexandre agitait son mouchoir pour écarter la fumée.

« Tu empestes avec ton cigare, bougonna-t-il. Frédéric n'a nullement besoin de respirer un air chargé de nicotine. »

Mme Bartolotti tira encore deux fois trois

profondes bouffées et trouva le bon moyen pour forcer la main à Frédéric.

« Alexandre, demanda-t-elle avec beaucoup de sournoiserie, que penses-tu de Sophie ?

— C'est une vilaine petite fille mal élevée ! s'écria le pharmacien. Elle n'arrête pas de venir à la pharmacie, elle grimpe sur la balance et s'enfuit aussitôt en me tirant la

Elle tira trois profondes bouffées...

langue. Il est évident que de telles fréquentations ne pourraient être que déplorables pour Frédéric.

— Et si elle avait envie de devenir son amie ? demanda encore plus sournoisement Mme Bartolotti.

— Je m'y opposerais ! » lança M. Alexandre d'un ton sec.

Frédéric avait pâli. Affreusement pâli.

« Ça ne va pas, mon petit ? » s'inquiéta M. Alexandre.

Il craignait que le thon et les bâtons de réglisse n'aient commencé à se battre en duel dans l'estomac de son fils.

« Non, ça va, répondit Frédéric. Mais je sens que je préfère vivre chez ma mère. »

Mme Bartolotti soupira, visiblement soulagée.

« Tu ne m'aimes pas ? insista M. Alexandre dont le visage accusait le choc.

— Mais si, papa, affirma Frédéric. Je t'aime beaucoup, vraiment beaucoup. Je serai toujours très content que tu viennes nous voir. Tu peux me croire ! »

M. Alexandre le crut mais sans enthousiasme. Il semblait assez amer et ne s'attarda guère.

Frédéric habitait maintenant depuis plus de trois semaines chez Mme Bartolotti. Chaque matin, en semaine du moins, Sophie l'attendait dans l'escalier à huit heures moins le quart et ils partaient ensemble pour l'école. Presque chaque matin aussi, Antoine se trouvait sur leur route. Il courait derrière eux en braillant.

« Je vous déteste ! »

Un peu plus loin, à l'angle de la grande avenue, c'était Florian qui les attendait. Il emboîtait le pas à Antoine et dévidait l'alphabet : Amibe, Babouin, Connard, Dindonneau, Ectoplasme, Furoncle, Gargouille, Hippocampe, Ichtyosaure, Jabiru, Kangourou, Limace, Merdeux, Nullard, Ornithorynque, Poule mouillée, Quadrupède, Rabougri, Staphylocoque, Tarentule, Ubu, Ver de terre, Wapiti, Xylophone, Zébu !

Mais Florian et Antoine gardaient soigneusement leurs distances et évitaient encore plus soigneusement de bombarder les deux amis car ils avaient peur de Sophie.

Sophie protégeait aussi Frédéric sur le chemin du retour, du moins lorsqu'ils rentraient ensemble. N'étant qu'en CE2, elle sortait le lundi et le vendredi une heure plus tôt que lui. Sophie l'aurait volontiers attendu une heure dans le hall ou devant l'école mais sa mère aurait piqué une crise et fait un vacarme épouvantable.

« Je veux te voir à la maison au plus tard quinze minutes après la fin de la classe ! avait ordonné Mme Lindemann. Chaque minute de retard se paiera au prix fort ! »

Elle avait aussi déclaré qu'elle trouvait parfaitement ridicule de voir une petite fille protéger un petit garçon.

« Je n'ai rien contre Frédéric, avait-elle affirmé. Il est très poli, très, très bien élevé, très intelligent. Il connaît toutes les réponses au jeu du dictionnaire, il présente bien. Mais il doit apprendre à se défendre seul. » Mme Lindemann avait ajouté : « Je me demande d'ailleurs comment Mme Bartolotti a pu mettre au monde un enfant aussi bien élevé. Je serais vraiment curieuse de savoir comment elle l'a eu ! »

Sophie savait d'où venait Frédéric. Il le lui avait expliqué et elle avait juré de n'en parler à personne. Aussi laissa-t-elle sa mère dans l'ignorance.

Le lundi et le vendredi, Frédéric devait donc rentrer seul. Enfin, seul n'est pas le mot qui convient. Il avait en effet la moitié de la classe aux trousses. De plus, en l'absence de

Sophie, Florian reprenait du poil de la bête. Il lui jetait des cailloux, lui faisait des croche-pieds, lui donnait des coups de poing dans le ventre ou lui bottait les fesses. Les autres élèves de CM1 ne faisaient rien pour l'en empêcher car ils détestaient unanimement Frédéric. La maîtresse, Mme Perrot, ne cessait en effet de répéter : « Prenez exemple sur Frédéric ! » Et ça, les élèves de CM1 n'aimaient pas du tout !

Lorsque personne ne comprenait une nouvelle opération Mme Perrot s'écriait : « Frédéric a certainement compris, lui ! » Et effectivement, il avait compris ! De plus, il

Antoine courait derrière eux en braillant.

connaissait l'orthographe de chaque mot, qu'il calligraphiait d'une merveilleuse écriture. Il lisait sans faire d'erreur, était toujours sagement assis à sa place, ne bavardait pas, ne mangeait pas pendant la classe, ne faisait jamais de bulles avec son chewing-gum, couvait Mme Perrot du regard et l'écoutait avec la plus extrême attention.

Une telle attitude tapait évidemment sur les nerfs de ses camarades. Si seulement il avait été nul en gym, ce qui arrive souvent aux grosses têtes ! Mais non, il était le seul de la classe à pouvoir toucher le plafond du gymnase en grimpant à la corde. Enfin, il chantait merveilleusement juste et Mme Perrot se pâmait d'admiration en déclarant :

« J'ai l'impression d'entendre un ange ! Ça fait chaud au cœur de l'écouter ! »

Frédéric savait par ailleurs si bien dessiner les voitures qu'on reconnaissait immédiatement la marque et le modèle.

« Il ne nous manquait plus que cet enfant modèle ! maugréaient ses camarades. On n'avait vraiment pas besoin d'un tel lèche-bottes ! »

Et de fait, tant par inexpérience que par méconnaissance, Frédéric accumulait les gaffes avec eux. Dès le lendemain de son arrivée, par exemple, la maîtresse avait organisé un devoir sur table. Un voisin, Albert, demanda à voix basse :

« Douze fois douze moins dix-sept plus seize, ça fait combien ? »

Mais Frédéric refusa de lui donner la réponse puisque Mme Perrot avait bien insisté avant l'exercice : « On ne souffle pas ! »

Lorsque Albert, particulièrement nul en arithmétique, réitéra trois fois de suite sa question, Frédéric lui expliqua :

« Je ne pense pas avoir le droit de te répondre. »

Albert sentit la moutarde lui monter au nez et se mit à le détester autant que Florian.

Le lendemain, Anne-Lise donna un coup de règle sur un carreau et le fêla. Mme Perrot, qui s'était absentée quelques instants, vit dès son retour le carreau fêlé. Elle voulut aussitôt savoir qui était responsable. Personne ne leva la main.

Anne-Lise enfouit la tête dans son cartable, faisant comme si ce problème ne la concernait pas. Mme Perrot interrogea divers élèves. Tous répondirent qu'ils n'avaient rien vu et rien entendu. La maîtresse s'adressa alors à Frédéric.

« As-tu vu qui a cassé le carreau ? Si tu sais qui c'est, tu dois me le dire ! »

Frédéric répondit qu'il avait vu Anne-Lise casser le carreau.

« Bouh ! » fit toute la classe.

Mme Perrot eut l'air ravie. Dès le cinquième jour, elle fit de Frédéric son substitut.

Elle l'installait à sa place dès qu'elle était obligée d'aller voir la directrice ou une collègue. Il était censé surveiller la classe et veiller à ce que personne ne se penche aux fenêtres, ou ne déambule entre les tables, ou ne se batte avec son voisin.

Au début, Frédéric ne fut pas pris au sérieux par ses camarades qui ouvrirent les fenêtres, se battirent, déambulèrent dans la classe et jacassèrent comme des pies. Lorsqu'ils virent Frédéric écrire les noms de tous ceux qui faisaient des bêtises et donner ensuite la liste à la maîtresse qui s'empressa de les punir, leur haine ne fit que décupler.

M. Alexandre alla un jour rendre visite à Mme Perrot et fut très fier d'apprendre que Frédéric était un « trésor » et un élève « comme on ose à peine en rêver ». Mme Bartolotti, elle, ne s'intéressait guère à ce que faisait Frédéric à l'école ni à ce que les autres enfants pensaient de son fils. Elle n'avait que peu de goût pour les histoires scolaires et se contentait de demander en déjeunant :

« Ça s'est bien passé aujourd'hui ?

— Oui, très bien ! répondait invariablement Frédéric. La maîtresse m'aime bien. »

Mme Bartolotti se satisfaisait de cette réponse et n'éprouvait pas le besoin de se casser la tête à propos de la scolarité de son fils.

Sophie Lindemann savait, elle, comment

Frédéric se conduisait en classe. Il le lui racontait et d'ailleurs ses camarades l'informaient régulièrement.

« Devine ce qu'il a encore fait, ce salopard, aujourd'hui... ? »

L'après-midi, lorsqu'elle allait jouer chez lui ou qu'il venait chez elle, elle essayait de le raisonner :

« Frédéric, pourquoi n'as-tu pas dit à Albert combien font douze fois douze moins dix-sept plus seize ? » ou « Frédéric, on ne dénonce pas ses camarades ! » ou « Frédéric, n'écris pas les noms de ceux qui font des bêtises ! »

Mais son ami hochait la tête et répondait tristement :

« Sophie, je ne fais pas ça par plaisir, je t'assure. Ils font des choses interdites et il est de mon devoir de le dire, m'a affirmé la maîtresse. Or je dois faire mon devoir ! »

Sophie tentait alors de lui faire comprendre que ses camarades n'arriveraient jamais à le supporter s'il continuait à se conduire ainsi. Elle lui parlait comme on parle à un cheval malade. Frédéric hochait la tête et répétait l'air chagrin :

« Je ne peux pas faire autrement, Sophie. J'ai été fabriqué comme ça ! Ils m'ont programmé ainsi à l'atelier de finition. Je ne peux pas faire autrement !

— Essaie au moins, par amour pour

moi ! » le suppliait Sophie qui se lamentait d'avoir un ami que personne n'aimait.

Frédéric essaya donc pour l'amour de Sophie. Il essaya pour la première fois pendant l'heure de gymnastique. Les enfants avaient envie de se suspendre aux agrès mais la maîtresse s'était fourré dans la tête de leur faire faire des exercices d'assouplissement.

« Allez, on y va ! » fit-elle.

Les élèves se concertèrent et décidèrent de faire grève.

« Ces exercices sont idiots ! » chuchotèrent-ils en s'asseyant par terre.

Ils refusèrent de se relever et Frédéric les imita.

« Allez, allez, on y va ! » répéta Mme Perrot.

Personne ne bougea. Frédéric pas plus que les autres.

« Puisque Sophie me l'a demandé... », se dit-il pour se donner du courage.

Mme Perrot le regarda et dit en fronçant le sourcil :

« Frédéric ! Que t'arrive-t-il ? Je n'en crois pas mes yeux ! »

Frédéric avait très envie de rester assis mais une force irrésistible le contraignit à se lever. Toute résistance lui parut impossible.

« Bouh ! » firent ses camarades.

Frédéric était déjà droit comme un i.

« Briseur de grève, lèche-bottes ! » beuglèrent ses camarades.

Frédéric était déjà en train d'exécuter ses mouvements.

« Salaud ! » chuchotèrent ses camarades qui durent, en guise de punition, courir en rond pendant une bonne dizaine de minutes. Lui eut droit de s'asseoir sur le cheval d'arçon. Les autres lui faisaient des grimaces et lui jetaient des regards hostiles.

Une force irrésistible contraignit Frédéric à se lever.

Frédéric sentit les larmes lui monter aux yeux.

Un peu plus tard, à la sortie, les élèves de CM1 allèrent trouver Sophie pour lui demander :

« Tu n'as pas honte d'être copine avec un pareil lèche-bottes ? C'est un vrai salaud, ton copain !

— Ce n'est pas un salaud, je vous assure ! protesta Sophie. Croyez-moi. »

Mais comme elle ne put leur expliquer ni d'où venait Frédéric, ni pourquoi il se conduisait ainsi, ils ne la crurent pas. Sophie comprenait d'ailleurs leur point de vue : « Si j'avais fait la connaissance de Frédéric en classe, se disait-elle, je penserais comme eux. »

Un après-midi, Sophie et Frédéric étaient assis dans la salle de séjour de Mme Bartolotti et jouaient au jeu du dictionnaire. S'apercevant qu'ils connaissaient tous les deux les réponses par cœur, ils s'amusèrent à interroger Mme Bartolotti. Elle était assise dans son fauteuil à bascule et mangeait des rollmops qu'elle puisait dans un grand bocal. De temps à autre elle se balançait doucement, tout en peignant ses ongles en bleu entre deux rollmops. Ses réponses ne manquèrent pas de fantaisie.

Sophie se mit à rire comme une bossue lorsque Mme Bartolotti déclara :

« La tour penchée ce doit être en Utopie, ils ne font rien comme les autres dans ce pays ! » Elle n'avait aucune idée de ce qu'était une racine carrée et s'écria : « Les arbres ont des racines, les fleurs aussi et on tire de l'alcool des racines de la gentiane jaune. » Elle commença à se peindre l'ongle du pouce gauche, en fit la moitié et soupira : « Si seulement la racine de 144 pouvait fournir quelque chose... et pourquoi pas de l'alcool après tout !

— La racine de 4 est 2, lui expliqua Frédéric. Celle de 9 est 3, celle de 16 est 4...

— Je ne savais pas que 2, 3 et 4 avaient des racines ! » s'écria gaiement Mme Bartolotti.

Frédéric s'apprêtait à poursuivre ses explications sur les racines carrées lorsqu'on sonna. Trois coups très longs. C'était le facteur. Il apportait une lettre exprès recommandée. L'enveloppe était grande, rigide et bleu ciel. Exactement comme celle qu'on avait mise dans la boîte de conserve, sans mention d'expéditeur.

Mme Bartolotti la retourna dans tous les sens, jeta un coup d'œil à Frédéric puis observa de nouveau la lettre avec une méfiance croissante.

« Qui vous écrit ? » demanda Sophie, curieuse tout à coup.

Mme Bartolotti glissa la lettre dans la

poche de sa robe de chambre en bougonnant :

« Bof, une réclame quelconque !

— On n'envoie pas des réclames par lettre recommandée et par exprès ! » objecta Sophie. Et Frédéric ajouta :

« Maman, cette lettre vient de l'usine. Nous pouvons tranquillement en parler devant Sophie, elle sait tout.

— Oui, ouvrez donc cette lettre ! » s'écria Sophie.

Mme Bartolotti hésita encore quelques instants.

« Et si elle contenait une nouvelle désagréable ? »

Mme Bartolotti avait l'habitude de ruser longuement avec les nouvelles désagréables. Elle se refusait, par exemple, à ouvrir les lettres que lui adressait le fisc.

« Oublions cette lettre, proposa-t-elle. Nous n'avons qu'à la brûler. Ce sera comme si nous ne l'avions jamais reçue !

— Elle contient peut-être une bonne nouvelle, dit Sophie. Peut-être Frédéric a-t-il fait un héritage ? »

Mme Bartolotti plongea la main dans la poche de sa robe de chambre et palpa la lettre.

« Mes enfants, murmura-t-elle, je sens quelque chose me démanger le bout des doigts. Or ce quelque chose me dit que cette lettre contient de mauvaises nouvelles. Oui, elle est mauvaise au toucher !

— Raison de plus pour l'ouvrir ! déclara Sophie. Mieux vaut prévenir que guérir ! »

Mme Bartolotti prit la lettre bleue dans sa poche et la tendit à Sophie en soupirant :

« Lis-la. Je n'ose pas ! »

Sophie Lindemann déchira l'enveloppe, en sortit une feuille de papier bleu ciel pliée en quatre, la déplia et lut :

« *Chère Mme Bartolotti,*

En vérifiant la liste de nos clients, établie par notre service des expéditions, nous avons découvert une regrettable erreur. Une erreur de programmation nous a fait vous livrer un garçon de sept ans qui ne vous était pas destiné. Nous vous prions de nous excuser pour cette erreur dont nous sommes seuls responsables.

Le bon de commande que vous aviez rempli était valable pour deux agendas de la marque Memoria dont nous avons depuis longtemps arrêté la production et dont nous ne possédons plus d'exemplaires disponibles.

Nous allons essayer de vous débarrasser le plus vite possible de cet enfant en le faisant récupérer par notre service après vente afin de le confier à ses vrais parents.

Nous attirons votre attention sur le fait qu'en tout état de cause les enfants instantanés restent à vie la propriété de notre société et ne sont que loués, comme les appareils téléphoniques. Ils peuvent donc être à tous moments retirés aux parents pour quelque raison que ce soit.

Toute tentative pour vous opposer à sa restitution serait vouée à l'échec, car vous n'avez aucun recours juridique possible.

Nous vous prions d'agréer, Madame, avec nos excuses, l'expression de notre considération distinguée. »

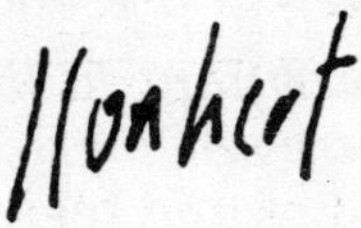

Sophie buta sur la signature et se tut. Elle approcha la feuille du bout de son nez et déclara :

« La signature est illisible. Humbert, Honbert ou Monbert ? Je ne sais pas.

— Je me contrefiche du nom exact de ce monsieur ! » lança Mme Bartolotti avec rage.

Malgré le bleu, le rouge et le rose qu'elle avait sur le visage, son teint avait verdi. Ses mains et sa voix tremblaient et elle semblait même s'être tassée sur elle-même.

« Le plus vite possible... ils ont écrit : le plus vite possible ! murmura-t-elle.

— Vous n'allez tout de même pas leur rendre Frédéric ! » s'exclama Sophie.

Mme Bartolotti sortit un mouchoir de sa

poche, renifla, se moucha et soupira d'une voix douce :

« S'il appartient à quelqu'un d'autre, si je n'ai aucun droit sur lui et si ce sont bien des agendas que j'ai commandés... »

Elle renifla de nouveau et se moucha.

« De plus, je ne sais pas faire la cuisine, j'ai une tête d'Indien sur le sentier de la guerre et Alexandre lui-même prétend que je ne suis pas une bonne mère. »

Frédéric n'avait pas encore ouvert la bouche ; il était resté assis, raide comme la justice. Mais, tout à coup, il bondit de sa chaise et se mit à hurler comme jamais encore il ne l'avait fait :

« Tu es une bonne mère ! Tu es une bonne mère !

— Vous voyez ! s'écria Sophie. C'est quand même lui le principal intéressé ! »

Mme Bartolotti renifla et se moucha pour la troisième fois. Puis elle sanglota un peu derrière son mouchoir avant de déclarer :

« Mais, Frédéric, peut-être aurais-tu la chance d'atterrir chez une mère qui te donnerait des vitamines et te chanterait des chansons pour enfants. Une qui saurait ce qu'est une racine carrée, qui aurait un vrai mari et te fournirait donc un vrai père... »

Frédéric hocha la tête.

« Je suis habitué à toi et à M. Alexandre et où que j'aille je ne verrais plus Sophie. »

Frédéric hocha encore une fois la tête mais plus énergiquement. « Non, conclut-il, je préfère rester ici. Je le sens bien.

— Tu le sens ? Tu en es sûr ? » s'écria Mme Bartolotti en jaillissant de son fauteuil à bascule.

Elle ne semblait plus du tout fanée et bien moins verdâtre tout à coup. Elle souleva Frédéric, l'embrassa sur les deux joues, dans le cou, sur le front, sur les oreilles, elle l'embrassa partout où elle aperçut un bout de peau puis le reposa par terre en jubilant :

« Bon, il va falloir trouver un moyen de résister à ces forbans !

— Écris-leur une lettre polie mais ferme en leur expliquant que je veux rester chez toi, proposa Frédéric.

— Ridicule ! lança Sophie. Des gens qui écrivent de telles lettres... » et elle s'empara de la lettre bleue qui traînait sur la table pour la déchirer en mille morceaux. « Des gens qui osent écrire des lettres pareilles ne se préoccupent pas de savoir ce que tu ressens, Frédéric.

— Elle a raison, approuva Mme Bartolotti. Il faut trouver quelque chose de plus retors. »

Le visage de Frédéric s'assombrit considérablement.

« Peut-être, mais si ça m'oblige à faire quelque chose d'interdit, je ne pourrai pas vous aider. Tu sais bien, Sophie, qu'il m'est

Elle souleva Frédéric,
l'embrassa sur les
deux joues...

impossible de faire quelque chose d'interdit !

— Interdit ! Interdit ! bougonna Mme Bartolotti. Mais qu'est-ce que ça peut nous faire, ce que racontent ces imbéciles de l'usine !

— Vous, ça ne vous fait rien ! soupira Frédéric. Mais moi, ils m'ont programmé pour que « ça » me fasse quelque chose ! »

Mme Bartolotti alluma un gros cigare, tira trois bouffées profondes et réussit trois ronds de fumée.

« Elle pense..., chuchota Frédéric.

— Ça y est, j'ai pensé, mon petit ! » déclara Mme Bartolotti en se levant comme mue par un ressort. Puis elle désigna sa chambre à coucher de la main et ajouta : « Frédéric, va voir là-bas si j'y suis. J'ai deux mots à dire à Sophie.

— Mais pourquoi...

— Pas de mais ni de pourquoi ! Obéis à ta mère ! Tu as appris à être obéissant et à respecter les interdits ? Eh bien, nous avons à parler de choses que ne peuvent entendre les enfants respectueux des interdits. »

Frédéric disparut dans la chambre à coucher et ferma la porte derrière lui.

Mme Bartolotti se pencha vers Sophie et lui expliqua son plan à voix basse. Le visage de la petite fille s'illuminait peu à peu et lorsque Mme Bartolotti se tut, elle s'écria :

« Super ! Je vous aide ! »

Une heure à peine après la venue du

facteur, Sophie se précipita chez elle en criant :

« Maman, maman... puis-je aider Mme Bartolotti à porter un de ses tapis chez le teinturier... s'il te plaît ? »

Mme Lindemann commença par refuser. Elle avait projeté d'emmener Sophie chez le photographe car elle avait besoin d'une photo de sa fille pour l'anniversaire de tante Emma.

« Nous pourrons aller demain chez le photographe ! protesta Sophie. S'il te plaît, maman, le tapis est si lourd que la pauvre Mme Bartolotti n'arrivera jamais à le porter toute seule...

— Et pourquoi Frédéric ne l'aide-t-il pas ? demanda Mme Lindemann qui resta une bonne minute la bouche ouverte en entendant sa fille lui répondre :

— Frédéric ? Mais, maman, il n'est plus là !

— Ah ! Et pourquoi ?

— Ça, je n'en sais rien ! Mais si je l'aide à porter son tapis peut-être me le dira-t-elle. »

Mme Lindemann était curieuse comme tout un chacun, le photographe pouvait attendre le lendemain et il fallait bien que quelqu'un aide cette pauvre Mme Bartolotti à porter son tapis.

« Va, mon enfant, dit enfin Mme Lindemann. Mais ne pose pas de questions sur

Frédéric. Sa disparition ne nous regarde pas. » Sophie avait déjà presque atteint la porte lorsque sa mère ne put s'empêcher de faire remarquer : « Il me semble pourtant l'avoir vu ce matin. Il est même parti avec toi à l'école !

— Tu te trompes, maman ! Je suis partie avec Antoine. »

Et, avant que Mme Lindemann ait pu répondre quoi que ce soit, Sophie s'était évaporée.

Sophie monta l'escalier quatre à quatre. Mme Bartolotti l'attendait devant sa porte et lui chuchota :

« Allez, on se dépêche ! Qui sait si ces affreux ne vont pas venir dès aujourd'hui ? »

Elles regagnèrent la salle de séjour et prirent le tapis sous le fauteuil à bascule pour le transporter dans la chambre. Frédéric, sagement assis sur le bord de son lit, demanda :

« Ai-je de nouveau le droit d'entendre ?

— Tu as le droit de t'allonger sur ce tapis ! » répondit Mme Bartolotti.

Frédéric s'allongea donc sur le tapis et Mme Bartolotti l'y roula. Puis elle prit une extrémité sous son bras tandis que Sophie chargeait l'autre sur son épaule.

« Ça va, tu peux respirer ? demanda Sophie en ayant l'air de parler au tapis.

— Oui, ça va ! répondit une voix étouffée.

— Alors c'est parti ! lança Sophie. Mais ne marchez pas trop vite, sinon je vais être obligée de courir et Frédéric va attraper le mal de mer.

— O.K. ! » répondit Mme Bartolotti.

Elles quittèrent donc l'immeuble en marchant d'un même pas et descendirent la rue en direction de la teinturerie.

« C'est vrai, elles y vont sans Frédéric... »

Frédéric s'allongea donc sur le tapis et Mme Bartolotti l'y roula.

murmura Mme Lindemann qui les observait de sa fenêtre. Puis elle courut chez sa voisine, Mme Munz, et lui confia : « Figurez-vous que le Frédéric de la vieille Bartolotti s'est sauvé depuis plusieurs jours.

— Mais je l'ai encore vu ce matin en compagnie de...

— Erreur ! C'était Antoine... », affirma Mme Lindemann.

La teinturerie était la boutique voisine de la pharmacie où officiait M. Alexandre. Sophie et Mme Bartolotti y entrèrent avec leur tapis.

« Bonjour, dit l'employée.

— Bonjour. Combien me coûterait le nettoyage de ce tapis ? » demanda Mme Bartolotti.

L'employée prit un bout de tapis, toucha la laine, observa la trame et répondit :

« 400 francs.

— Trop cher ! lança Sophie en adressant un clin d'œil à Mme Bartolotti.

— Excusez-nous de vous avoir dérangée, dit Mme Bartolotti qui ajouta en se tournant vers Sophie : Allez, mon enfant, on rentre à la maison. »

Mais au lieu de se diriger vers la sortie, elles traversèrent le magasin et foncèrent vers l'arrière-boutique, dont la porte donnait dans l'escalier de l'immeuble.

« Où allez-vous ? demanda l'employée.
— Nous habitons la maison... au troisième, répondit Sophie. Ce sera plus court. »

La jeune fille ne travaillait que depuis trois semaines dans cette teinturerie et ne connaissait pas encore les habitants de l'immeuble. Aussi n'osa-t-elle rien dire. Elle leur ouvrit même la porte. Puis, un client venant d'entrer dans la boutique, elle s'empressa de refermer

Elle prit une extrémité sous son bras tandis que Sophie chargeait l'autre sur son épaule...

la porte et ne put donc voir que Mme Bartolotti et Sophie se dirigeaient non pas vers le troisième étage mais vers l'arrière-boutique de la pharmacie. Les arrière-boutiques, plutôt : c'était une enfilade de pièces successives.

Mme Bartolotti dut carillonner un bon moment. M. Alexandre était en train de vendre des médicaments. Il entendait bien la sonnette dans l'arrière-boutique mais se disait : « Tant pis pour ces gens qui sonnent : ils n'ont qu'à passer par-devant comme tout le monde ! »

Ce n'est que lorsque ces coups de sonnette persistants commencèrent à lui poncer les nerfs qu'il finit par dire à sa cliente :

« Excusez-moi, chère madame, mais quelqu'un sonne à la porte de l'arrière-boutique. »

Il traversa donc la première arrière-boutique, puis la seconde et enfin la troisième. En ouvrant la porte, il était bien décidé à dire son fait à qui osait sonner avec une pareille insistance. Il n'eut toutefois pas le temps d'émettre un son. A peine eut-il ouvert, Mme Bartolotti le poussa sur le côté et propulsa le tapis dans la pièce. Sophie le suivit en fermant la porte. Mme Bartolotti empila en hâte quelques cartons vides et des caisses de nourriture pour bébé afin de dérouler son tapis.

« Que signifie cette invasion ? demanda M. Alexandre avec ahurissement.

— Il faut le cacher ! lança Mme Bartolotti tout en déroulant son tapis.

— Et pourquoi devrais-je cacher chez moi le tapis de ta salle de séjour ?

— Pas le tapis, Frédéric !

— Où est-il ?

Lorsqu'elle eut fini de dérouler son tapis...

— Dans le tapis, évidemment ! Bougre d'âne ! » soupira Mme Bartolotti en levant les yeux au ciel face à tant d'incompréhension.

Lorsqu'elle eut fini de dérouler son tapis, Frédéric fit son apparition, l'air épuisé et affreusement poussiéreux. Le tapis de Mme Bartolotti aurait pour de bon eu besoin d'être nettoyé.

« Assieds-toi, je t'explique tout ! promit Mme Bartolotti à M. Alexandre.

— Mais... ma chère enfant... la pharmacie est pleine de monde.

— Jette-les dehors et ferme boutique !

— Non, c'est impossible ! s'écria Sophie. Ce serait une erreur. On n'a pas le droit de fermer une pharmacie sans raison officielle. Les gens vont se poser trop de questions ! »

« Cette petite Sophie est moins stupide que je le croyais ! » se dit M. Alexandre.

On entendait les clients protester dans la pharmacie. Une voix de femme domina subitement ce murmure de mécontentement :

« Monsieur, je suis très pressée ! Où donc êtes-vous passé ? »

M. Alexandre se rua dans sa boutique.

« Si je ne peux pas lui parler ici, j'irai le faire là-bas ! » s'écria Mme Bartolotti.

Elle s'empara d'une blouse blanche suspendue à une patère et l'enfila. Puis elle posa sur ses boucles blondes un bonnet qui traînait sur un carton.

Frédéric, toujours assis sur son tapis, toussait comme un malheureux tant il avait avalé de poussière durant son transport. Il essayait aussi de débarbouiller tant bien que mal avec son mouchoir son visage noir de crasse.

« Mais, ma chère enfant, ce n'est pas possible !... chuchota M. Alexandre en voyant son amie surgir à ses côtés.

— Tout est possible ! » répliqua Mme Bartolotti déguisée en pharmacienne.

Elle récupéra un mortier et un pilon et se mit à pilonner furieusement comme si elle voulait broyer des cubes de granit. Puis, tandis que M. Alexandre déchiffrait des ordonnances, délivrait des médicaments, encaissait et rendait la monnaie, elle lui souffla :

« On nous a livré Frédéric par erreur. Ils veulent le reprendre !

— Pas question ! »

M. Alexandre réagit si vivement qu'il hurla cette réponse. Le monsieur qui venait de lui tendre son ordonnance demanda aussitôt d'un air inquiet :

« Pourquoi donc ? Vous ne voulez pas me vendre ce médicament ? Mais c'est pour ma tension !

— Excusez-moi », dit M. Alexandre et il ajouta en se tournant vers Mme Bartolotti : « As-tu payé quelque chose ?

— Non », répondit-elle et elle lui révéla le contenu de la lettre bleue.

Ses clients appréciaient d'ordinaire M. Alexandre pour son calme et son amabilité. Aussi furent-ils très étonnés ce jour-là de

« Vous ne voulez pas me vendre ce médicament ? »

le voir jeter médicaments et monnaie sur le comptoir sans même les saluer ou s'inquiéter de leur santé. Lorsqu'une dame lui demanda la permission de se peser, il se contenta d'acquiescer d'un vague signe de la main et lorsqu'un monsieur voulut savoir si le sirop qu'on lui avait prescrit pour la toux n'était pas trop amer, il ne daigna même pas répondre.

Mme Bartolotti continuait à faire un raffut épouvantable avec son mortier pour mieux couvrir son récit. Elle conclut en demandant :

« Alors, tu m'aides ?

— Évidemment ! » s'écria M. Alexandre... juste au moment où une mère de famille essayait de lui extorquer un antibiotique sans avoir d'ordonnance. Elle se dit que M. Alexandre était décidément bien compréhensif ce jour-là.

Mme Bartolotti reposa enfin son mortier sur une étagère en murmurant :

« Je vais l'installer en haut. »

Puis elle traversa les deux premières arrière-boutiques pour aller rejoindre Sophie et Frédéric dans la troisième.

« Tout est pour le mieux dans le meilleur des mondes ! » leur lança-t-elle joyeusement.

Un escalier en colimaçon conduisait au premier étage et débouchait dans la salle de séjour de M. Alexandre.

« Bouh ! Ce que c'est laid ! » murmura Sophie en émergeant dans la pièce.

Elle était en effet encombrée de vieux meubles. De lourds rideaux en velours élimé encadraient les fenêtres et une nappe de soie noire à franges était posée sur la table.

« Maman, demanda Frédéric, que faisons-nous ici ?

— Nous, répondit Mme Bartolotti en désignant Sophie et elle-même, nous allons nous en aller. Toi, tu restes chez M. Alexandre. Il viendra te rejoindre dès qu'il aura fermé la pharmacie.

— Tu vas supporter de vivre dans un donjon pareil ? demanda Sophie.

— Un garçon de sept ans doit savoir rester seul pendant quelques heures ! » répondit courageusement Frédéric en se dirigeant droit vers une bibliothèque.

Il prit sur un rayonnage un volume d'encyclopédie, celui allant de GLAUCOME à KURDISTAN.

« Il y a encore quelques mots commençant par K dont j'ignore le sens », déclara-t-il avant de s'asseoir dans un vieux fauteuil et de commencer sa lecture.

Mme Bartolotti et Sophie redescendirent l'escalier en colimaçon, roulèrent grossièrement le tapis et l'emportèrent. Sophie sonna à la porte de l'arrière-boutique de la teinturerie.

« Que voulez-vous encore ? demanda l'employée.

— J'ai réfléchi, déclara Mme Bartolotti. Je vous le laisse. »

Elle confia donc son tapis à la jeune fille et

sortit avec Sophie, par la porte du magasin cette fois, et le plus naturellement du monde.

La jeune fille agrafa un numéro sur le tapis qu'elle déposa dans un coin en murmurant :

« Il y a des gens bizarres, décidément ! »

Lorsque Mme Bartolotti et Sophie sortirent du magasin, Mme Lindemann était toujours postée à sa fenêtre.

« Elles ont mis bien longtemps ! » murmura-t-elle en les apercevant. Elle espéra que Sophie en aurait au moins profité pour apprendre quelque chose sur la disparition de Frédéric.

En rentrant, Sophie expliqua à sa mère que le jeune garçon avait disparu depuis trois jours sans laisser de traces. Probablement était-il allé chez son père, son géniteur, un certain Auguste Bartolotti, dont personne ne savait où il habitait.

Mme Bartolotti s'enferma chez elle et s'assit dans son fauteuil à bascule. Elle pensait si fort à Frédéric qu'elle ne réussit pas à se mettre au travail. Elle resta donc assise à fumer et à broyer du noir jusque vers sept heures du soir.

C'est alors qu'elle se leva brusquement, se rua dans sa salle de bain et ôta tout le fard qui lui couvrait le visage. Elle se noua sur la tête un foulard gris pour dissimuler ses cheveux blonds et fouilla dans sa penderie pour en extraire une veste en tricot grise que M. Alexandre lui avait offerte pour Noël. Elle ne l'avait encore jamais mise car elle abhorrait le gris. Mais cette fois elle l'enfila, se regarda dans la glace et conclut :

« Ma chère enfant, te voilà maintenant aussi grisâtre et laide qu'un vieux pou ! Toujours est-il que personne ne te reconnaîtra ! »

De fait, personne ne la reconnut. Dans le hall de l'immeuble, la concierge qui cancanait avec la laitière ne lui accorda pas même un regard.

Mme Bartolotti descendit la rue jusqu'à la pharmacie de M. Alexandre et croisa diverses personnes qui la connaissaient mais aucune ne lui adressa un signe de tête.

Même M. Alexandre la prit pour une étrangère lorsqu'elle sonna à la porte de son appartement. Il la dévisagea quelques secondes puis demanda :

« Que désirez-vous ? »

Toutefois, lorsqu'il eut enfin constaté qu'il s'agissait de son amie, il s'écria subitement tout joyeux :

« Ma chère enfant, tu me plais beaucoup aujourd'hui !

— Évidemment, ironisa Mme Bartolotti, plus on ressemble à un vieux pou plus on a des chances de te séduire.

— J'ai toujours préféré les poux aux

oiseaux des îles, tu le sais bien ! » répondit M. Alexandre en conduisant Mme Bartolotti dans la salle de séjour.

Frédéric y était assis devant la table couverte de soie noire. Il compulsait divers dictionnaires et dit triomphalement :

« Maman, je viens d'apprendre soixante-sept mots dont j'ignorais le sens. Papa a vérifié. »

Mme Bartolotti ferma tous les dictionnaires et les fit tomber par terre. Puis elle enleva la nappe de soie noire car elle abhorrait également cette couleur, s'assit, posa les coudes sur la table et déclara :

« Bon, maintenant je vais vous faire part de mon plan de bataille, que je trouve génial ! »

M. Alexandre prit place dans un fauteuil et attendit la suite. Mais Frédéric exprima aussitôt son scepticisme en déclarant :

« Excuse-moi, maman, mais je crains que ton plan ne serve pas à grand-chose. Les gens de l'usine sont très forts et me retrouveront, où que je me cache. Ils connaissent des milliers de ruses.

— Ils ne te trouveront pas ! décréta Mme Bartolotti. Du moins pas tout de suite. Et, lorsqu'ils te trouveront, tu ne seras plus toi.

— Qu'est-ce que cela veut dire ? s'écria M. Alexandre en jaillissant de son fauteuil.

— Rassieds-toi et écoute-moi ! » ordonna Mme Bartolotti.

M. Alexandre se rassit dans son fauteuil et son amie put poursuivre :

« Les circonstances extraordinaires nécessitent des moyens extraordinaires ! »

M. Alexandre et Frédéric approuvèrent d'un signe de tête. « Or... s'écria Mme Bartolotti en agitant un index triomphant, or, le service après vente va venir chercher un enfant instantané, gentil, bien élevé, docile et obéissant. » M. Alexandre et Frédéric approuvèrent de nouveau. « Donc... » — et cette fois, Mme Bartolotti agita un index enthousiaste. « Donc nous devons modifier le produit afin que ces gens ne le reconnaissent pas !

— Tu veux lui teindre les cheveux ? demanda M. Alexandre.

— Idiot ! » soupira Mme Bartolotti en levant les bras au ciel. Puis elle se tourna vers Frédéric et lui demanda : « Quel est le contraire de gentil ?

— Méchant.

— Et d'obéissant ?

— Désobéissant.

— Et de calme ?

— Bruyant.

— Et d'aimable ?

— Désagréable.

— Et de docile ?

— Indocile.

— Voilà ce qu'il doit devenir ! déclara Mme Bartolotti en s'adressant à nouveau à M. Alexandre. Il doit changer pour qu'ils ne le reconnaissent pas.

— Pas question ! s'écria M. Alexandre avec effroi.

— Alors tu veux qu'on nous le reprenne ?

— Pas question ! vociféra M. Alexandre complètement bouleversé.

— Donc il faut changer la nature du produit.

— Tu crois vraiment ? hasarda M. Alexandre.

— J'en suis sûre.

— Je trouve ce plan excellent, déclara tout à coup Frédéric. Vraiment excellent. Hélas ! maman, je crains d'être obligé de me conduire tel que j'ai été programmé. J'ai essayé de changer pour l'amour de Sophie et j'ai échoué !

— Fadaises ! lança Mme Bartolotti. J'en ai beaucoup parlé avec Sophie. Il est stupide de croire que tu ne peux pas changer. Ils ne t'ont pas programmé, ils t'ont tout simplement bourré le crâne dans l'atelier de finition. Sophie va te laver la cervelle. Ils te l'ont farcie de toutes sortes d'idioties qu'elle va te faire oublier.

— Tu crois vraiment que ça peut marcher ? insista Frédéric.

— Nous allons essayer ! » dit pour conclure

Mme Bartolotti en prenant congé de son ami et de son fils qu'elle embrassa trois fois sur chaque joue car elle risquait de ne pas le revoir avant un petit moment.

Elle passa une nuit très agitée et fit d'épouvantables cauchemars. Elle rêva que deux géants gris voulaient kidnapper Frédéric. Il tentait de leur échapper mais ils parvenaient tout de même à s'emparer de lui. Le sol était en effet gluant et collait comme du chewing-gum. Frédéric ne parvenait pas à fuir et lorsque Mme Bartolotti voulait s'élancer à son secours, ses semelles restaient collées au sol et lui interdisaient de bouger.

Après avoir fait cet horrible cauchemar dix fois de suite, elle décida de se lever. Elle enfila sa robe de chambre et alla dans la salle de bain. Il faisait encore nuit. Elle se peignit le visage avec le plus de couleurs possibles, espérant ainsi retrouver au moins l'apparence de la gaieté. Puis elle se prépara une cafetière de café très fort, alluma un cigare, s'assit à sa table de cuisine et attendit. Elle vit dans l'encadrement de la fenêtre le ciel s'éclairer peu à peu. Les rues commencèrent à s'animer lorsque le ciel rosit pour de bon, les voitures se mirent à vrombir, à klaxonner et à faire crisser leurs pneus dans les virages.

Mme Bartolotti se recroquevillait chaque fois qu'elle entendait un bruit de pas sur son palier et poussait un soupir de soulagement dès qu'il s'éloignait.

A la septième tasse de café, un bruit de pas se fit de nouveau entendre et, cette fois, ne s'éloigna pas. Au contraire il cessa devant sa porte et on sonna. Mme Bartolotti se serait volontiers précipitée dans un trou de souris ou sous la table ou même derrière le réfrigérateur.

Mais elle prit son courage à deux mains et se dit : « Si je ne vais pas ouvrir, il reviendra. »

L'homme sur le palier était maigre et minuscule. Il émergeait d'une combinaison bleu ciel et avait posé à côté de lui sur le paillasson une boîte de conserve avec un couvercle vissé.

« Il compte peut-être trimballer mon Frédéric là-dedans ! » se dit Mme Bartolotti.

Cette pensée la mit tellement en colère qu'elle en oublia son angoisse.

« Vous désirez ? » demanda-t-elle.

Elle dominait l'homme bleu ciel d'une bonne tête et lui lança un regard hostile.

« Je viens récupérer ce qu'on vous a livré par erreur, répondit le petit homme.

— Désolée, mais votre livraison s'est enfuie il y a trois jours et a disparu sans laisser de traces. Elle a dû aller faire un tour du côté de Tombouctou.

— Où ?

— Tombouctou ! Il paraît que son père,

du moins celui mentionné sur la fiche d'état civil, vit dans les parages. »

Le petit homme bleu ciel se dressa sur ses

« Je viens récupérer ce qu'on vous a livré par erreur... »

ergots, sans pour autant grandir beaucoup, et s'offusqua :

« Vous auriez dû vous opposer à cette fugue ! Cet enfant est la propriété de notre société.

— M'y opposer, m'y opposer ! bougonna Mme Bartolotti. Vous en avez de bonnes ! Vous m'envoyez un produit dont je n'avais aucune envie et vous osez venir m'échauffer les oreilles !

— Avez-vous prévenu la police ?

— Écoutez, monsieur le gnome bleuâtre... » Et Mme Bartolotti fit un pas menaçant. « Pourquoi voudriez-vous que j'avertisse la police de la disparition d'un être que je n'ai jamais souhaité avoir sous mon toit ? Et maintenant vous allez me faire le plaisir de retourner d'où vous venez, bougre d'âne ! »

Le petit homme battit en retraite, récupéra sa boîte argentée et se précipita dans l'escalier en criant :

« Vous aurez de nos nouvelles ! Ça ne se passera pas comme ça ! »

Mme Bartolotti referma sa porte, traversa son appartement et alla se poster à la fenêtre de la salle de séjour. Elle vit le petit homme quitter l'immeuble, sa grosse boîte de conserve sous le bras. Il monta dans une voiture bleu ciel elle aussi et démarra sans demander son reste.

« Mais ils vont revenir, ma chère enfant !

se dit Mme Bartolotti. Ils vont revenir, ça tu peux en être sûre ! »

L'après-midi, juste après l'école, Sophie Lindemann expliqua à sa mère qu'elle devait absolument rendre visite à son amie, Annie Meyer.

« Annie, expliqua-t-elle, est nulle en arithmétique. Si nulle que j'ai promis d'aller lui expliquer comment on fait une division.

— C'est bien d'aider ses amies ! » fit Mme Lindemann sans se douter de la supercherie.

Il faut dire qu'Annie Meyer était effectivement nulle en arithmétique et que Sophie ne mentait presque jamais.

« Mais ne rentre pas trop tard ! ajouta sa mère avant qu'elle ne s'en aille.

— Je serai de retour vers six heures, six heures et demie ! promit Sophie. Je rentre dès qu'Annie a compris ! »

Frédéric avait passé la nuit dans le lit de M. Alexandre et le pharmacien avait dormi sur le canapé de la salle de séjour. Frédéric avait occupé sa matinée en apprenant des mots nouveaux. Il avait cette fois travaillé sur le tome BURGRAVE-DIEU de l'encyclopédie. Puis il avait révisé ses tables de multiplication des 49 et des 63 jusqu'à 49 fois 49 et 63 fois 63. M. Alexandre était monté de la pharmacie pour déjeuner et avait préparé une épaisse semoule parfumée à la cannelle et très sucrée qu'ils arrosèrent de jus de carotte vitaminé.

Puis M. Alexandre était redescendu à la pharmacie et Sophie s'était mise au travail.

« Frédéric, ce que je vais t'expliquer est très simple. En matière d'éducation, tout tourne autour d'un seul principe : un enfant fait quelque chose de bien, on le félicite, il fait quelque chose de mal, on le punit ou on le gronde. Tu sais cela, n'est-ce pas ? Donc être sage = félicitations, être pas sage = punition. Tu comprends ? »

Frédéric comprenait fort bien.

« Pour te déprogrammer, on va faire l'inverse, poursuivit Sophie. Être pas sage = félicitations, être sage = punition. »

Frédéric comprenait toujours.

« Et comme ce désapprentissage doit être rapide, nous allons utiliser des moyens exceptionnels...

— Que nécessitent les circonstances exceptionnelles, l'interrompit Frédéric.

— Exactement !

— Et que dois-je faire ?

— Cite-moi tous les gros mots que tu connais.

— Je n'en connais pas, dit Frédéric.

— Mais si ! Florian t'en a suffisamment abreuvé pour que tu t'en souviennes. Au moins de quelques-uns.

— Oui, avoua Frédéric en rougissant. Je

me souviens bien de quelques-uns mais je n'ai pas le droit de les prononcer. De toutes les façons, même si j'essayais, ils resteraient bloqués dans ma gorge.

— Alors, dis en alternance un mot aimable et un gros mot, proposa Sophie.

— Chère amie... commença Frédéric qui cria aussitôt : Aïe ! »

Sophie venait de le piquer cruellement avec une épingle. Cela faisait partie des méthodes de désapprentissage.

« Espèce de co... »

Mais impossible d'aller plus loin, le mot restait coincé !

« Espèce de co...

— Recommence jusqu'à ce que tu y arrives.

— Co... co... conne ! » réussit enfin à articuler Frédéric.

Sophie s'approcha de lui et l'embrassa sur la joue. Il rosit de plaisir.

« Allez, dit-elle, on alterne *chère amie* et *espèce de conne.* »

Frédéric s'exécuta. A chaque *chère amie* Sophie lui piquait le bras d'un coup d'épingle. A chaque *espèce de conne,* elle l'embrassait sur la joue.

Dix minutes plus tard, Frédéric refusait de dire « chère amie » et ne cessait de répéter « espèce de conne » pour collectionner les baisers.

« Bravo, Frédéric ! s'écria Sophie. Tu apprends vite ! »

Il dut alors subir son premier exercice d'application en présence de Sophie : prendre le téléphone, composer un numéro au hasard, le 463 84 00, par exemple.

« Allô ! » fit une voix d'homme.

Frédéric hésita... déglutit... une goutte de sueur perla à son front...

« Vas-y ! souffla Sophie.

— Excusez-moi de vous déranger... » commença Frédéric. Mais Sophie appuya la pointe de son aiguille sur le bout du nez de son ami. Frédéric ferma les yeux, déglutit encore une fois puis s'écria : « Vieux con ! »

Et il raccrocha.

Pour le récompenser, Sophie l'embrassa sur les deux joues et, estimant qu'ils avaient assez travaillé, décida de jouer.

« Tu as apporté ton jeu du dictionnaire ? demanda Frédéric.

— Non, aujourd'hui nous allons jouer à peindre les murs ! » déclara Sophie en tendant à son ami un feutre vert.

Frédéric commença par refuser, craignant que M. Alexandre ne soit pas d'accord.

« Oublie un peu M. Alexandre ! s'impatienta Sophie. Pense plutôt à la belle fleur que tu vas dessiner.

— Ça ira, ça, comme tige ? demanda

Les murs de la salle de séjour étaient tapissés de fleurs vertes.

Frédéric en contemplant avec terreur le trait qu'il venait de tracer sur le mur.

— Bien, très bien. Allez vas-y, encore ! » ne cessait de répéter Sophie en gavant son ami de bonbons à la menthe. Elle savait qu'il raffolait des bonbons à la menthe.

A six heures, Frédéric avait sans complexes avalé tout le paquet et les murs de la salle de séjour étaient tapissés de fleurs vertes.

M. Alexandre faillit avoir une attaque lorsqu'il monta chez lui après avoir fermé la pharmacie. Mais Sophie le rassura aussitôt en lui expliquant :

« Les circonstances extraordinaires, monsieur Alexandre...

— Nécessitent des moyens extraordinaires, je sais ! » soupira le pharmacien, qui manqua se trouver mal lorsque Frédéric lui lança :

« Salut, vieux con !

— Il faut le féliciter ! chuchota Sophie à l'oreille de M. Alexandre. Sinon tous mes efforts vont tomber à l'eau. »

Jamais le pharmacien n'avait de sa vie eu autant de mal à remuer la langue qu'à cet instant où il se pencha vers Frédéric pour lui dire :

« Mon cher petit, tu me traites de vieux con avec un naturel parfait. Je suis fier de toi ! »

Sophie avait décidé, pour des raisons de sécurité, de ne plus rendre visite à Mme Bartolotti et cette dernière avait, pour les mêmes raisons, cessé de voir Frédéric et M. Alexandre. Pour communiquer chaque fois que les circonstances l'imposaient, Mme Bartolotti et Sophie se parlaient par le conduit d'aération de leurs salles de bain. Celle des

Lindemann était située juste en dessous de celle de Mme Bartolotti. Une petite grille rectangulaire masquait le trou d'aération à côté de la baignoire. En parlant devant cette grille on vous entendait fort bien à l'étage en dessous et à l'étage au-dessus. Sophie et Mme Bartolotti s'étaient fixé des rendez-vous : chaque après-midi à une heure et demie et chaque soir à sept heures. En cas de nouvelles urgentes, elles étaient convenues du code suivant : si Mme Bartolotti avait quelque chose à faire savoir, elle planterait trois clous dans le mur de sa cuisine. Sophie, elle, pour appeler, jouerait de l'harmonica. Les coups de marteau et l'harmonica s'entendaient très bien à travers les murs.

Ce soir-là, Mme Bartolotti alla dans sa salle de bain à sept heures précises. Elle s'installa devant son conduit d'aération et demanda :

« Tu es là, Sophie ?

— Évidemment ! » répondit la voix de Sophie dans le conduit qui modifiait considérablement les voix. Celle de la petite fille ressemblait à celle d'un très vieux monsieur.

« Comment va Frédéric ?

— Très bien. Il apprend vite, très vite même !

— Le service après vente est passé chez moi. Une sorte de gnome que j'ai flanqué à la porte ! »

Mme Bartolotti attendit une réaction mais n'en décela aucune. Elle colla son oreille contre la grille et entendit pester M. Lindemann :

« Mais nom d'un chien, que fabriques-tu aussi longtemps dans la salle de bain ? »

Mme Bartolotti quitta la sienne en soupirant tristement car elle aurait volontiers continué à discuter avec Sophie. Elle alla dans la cuisine se faire cuire un œuf au plat. Elle se demandait si elle ne pourrait pas l'agrémenter de quelques filets d'anchois lorsqu'on sonna. Deux coups longs et espacés. Mme Bartolotti oublia son œuf sur le feu et gagna la porte d'entrée qui était munie d'un judas optique. Or ce judas était dissimulé derrière une rondelle de cuivre. Mme Bartolotti fit pivoter ladite rondelle, colla son œil sur le judas et faillit tomber raide. Elle venait d'apercevoir un œil bleu ciel. Elle recula le cœur battant mais le propriétaire de l'œil bleu ciel ne recula pas, lui !

« Ouvrez, madame Bartolotti ! cria une voix grave.

— Nous savons que vous êtes là ! lança une voix normale.

— Elle va nous donner du fil à retordre ! » piailla une voix aiguë.

« Sainte Marie, mère du ciel et de la terre ! Ils sont trois ! » gémit Mme Bartolotti en s'empressant de vérifier si sa chaîne de

« Ouvrez, madame Bartolotti !... »

sécurité était bien en place, si son verrou était bien poussé et si la serrure était fermée à double tour.

On sonna de nouveau. Trois fois. Les trois voix, la grave, la normale et l'aiguë, s'écrièrent en chœur :

« Ouvrez immédiatement, madame Bartolotti !

— Que me voulez-vous ? demanda cette

dernière en faisant de gros efforts pour ne pas perdre le contrôle d'elle-même.

— Nous avons à vous parler! déclara Voix Aiguë.

— A propos de cette livraison qui a disparu ! précisa Voix Normale.

— Si vous n'ouvrez pas immédiatement, nous entrerons par la force ! » menaça Voix Grave.

La porte d'entrée de Berthe Bartolotti était en chêne, les verrous en laiton et la chaîne de sécurité en carbure de tungstène.

« Viens-y donc, moule à gaufres ! » cria-t-elle.

Les trois voix se concertèrent un instant sur le palier puis des pas lourds s'éloignèrent et descendirent l'escalier. Mme Bartolotti poussa un soupir de soulagement.

« Il me faut au moins trois aspirines », murmura-t-elle.

L'aspirine était sur l'étagère de sa cuisine. En entrant dans la pièce, Mme Bartolotti constata qu'il y régnait une odeur pestilentielle : son œuf avait brûlé. Elle ferma le gaz puis jeta l'œuf dans la poubelle. Elle ouvrit ensuite la fenêtre pour chasser l'odeur de brûlé et s'empara du tube d'aspirine. Elle en avala trois sans prendre le temps de les faire dissoudre dans son verre d'eau. Or, pour boire, Mme Bartolotti ferma les yeux. Quand elle les rouvrit, un spectacle insolite attira son attention. En haut de sa fenêtre venaient d'apparaître trois paires de bottes bleu ciel qui oscillaient sur le ciel bleu sombre. Les bottes glissèrent vers le centre de la fenêtre, suivies par six jambes de pantalons, et trois hommes en uniforme bleu ciel se posèrent sur le rebord de la fenêtre. Ils étaient casqués de bleu ciel et portaient des moufles argentées. Des pistolets à crosse d'argent battaient sur leurs hanches où brillait un ceinturon argenté.

Mme Bartolotti sentit la peur la gagner, une peur bien plus horrible que celle éprouvée en ouvrant la boîte de conserve de Frédéric. Elle se laissa tomber sur une chaise. Toute la cuisine et les trois hommes sur le rebord de la fenêtre se mirent à tourner devant ses yeux.

Les trois hommes bougonnèrent en chœur :

« Vous auriez pu nous éviter de passer par le toit ! »

La cuisine cessa lentement de tournoyer et Mme Bartolotti put enfin demander :

« Mais qui êtes-vous donc ?

— La brigade d'intervention de notre société », répondirent les trois hommes en sautant dans la pièce.

Ils fouillèrent d'abord la cuisine, puis la salle de séjour, puis la chambre et enfin l'atelier. Mais ils ne négligèrent pas pour autant les cabinets, la salle de bain et même la penderie de l'entrée.

« De quel droit fouillez-vous mon appartement ? »

Mme Bartolotti resta assise sur sa chaise de cuisine à les invectiver :

« Bandes de mulets obtus ! Je vous ai dit et répété qu'il s'est enfui depuis trois jours. Quand donc allez-vous déguerpir, bandes de sapajous ? De quel droit fouillez-vous mon appartement ? »

Mais les trois hommes ne se sentaient pas gênés le moins du monde et fouillèrent l'appartement de fond en comble avec autant de soin que s'ils cherchaient des diamants. Mme Bartolotti entendit plusieurs fois Voix Grave s'exclamer :

« Quel désordre ! »

Puis Voix Normale :

« Une vraie porcherie ! »

Enfin Voix Aiguë :

« Je comprends que le gosse ait fait une fugue ! »

Mais tout à coup, Voix Grave s'écria :

« Tiens, tiens... que vois-je là ? »

Les trois hommes réapparurent dans la cuisine. Voix Grave brandissait un cahier appartenant à Frédéric. Sur la dernière page figurait un exercice daté de la veille.

« Et vous vouliez nous faire croire qu'il avait disparu depuis trois jours ? ironisa Voix Aiguë.

— Vous êtes démasquée ! » gronda Voix Normale en posant une main sur l'épaule de Berthe Bartolotti.

C'en était trop. Elle planta ses dents dans l'avant-bras de Voix Normale et serra de toute la force de ses maxillaires. L'homme hurla de douleur et lâcha prise.

« Venez, dit Voix Grave à ses acolytes. Nous avons suffisamment de preuves. La vieille a caché l'enfant après avoir reçu notre lettre. »

Il ferma le cahier et le glissa dans une de ses poches. Puis les trois hommes traversèrent la cuisine et gagnèrent la porte de l'appartement.

Mme Bartolotti les entendit retirer la chaînette de sécurité, tirer les verrous et tourner la clef. Ils refermèrent la porte et leurs pas s'éloignèrent. Mme Bartolotti prit alors son marteau et planta rageusement trois clous dans le mur de sa cuisine. Elle courut ensuite dans la salle de bain et chuchota dans le conduit d'aération :

« Sophie, Sophie... tu m'entends ? »

Mais Sophie n'entendait pas. Elle dormait à poings fermés. M. Lindemann, qui était encore assis dans sa salle de séjour en train de lire le journal, dit à sa femme :

« Non mais c'est pas vrai ! La vieille aurait pu attendre demain pour faire du bricolage ! »

Le lendemain, après l'école, Sophie annonça à sa mère qu'elle irait encore aider Annie Meyer à faire ses exercices d'arithmétique. Mme Lindemann la félicita :

« Tu es une bonne camarade. »

Sophie hocha la tête d'un air pénétré et sans la moindre mauvaise conscience. Venir au secours de Frédéric était aussi faire preuve de bonne camaraderie. Elle avait mis au point pour cet après-midi-là un programme super-extra-génial et se précipita chez M. Alexandre.

« Comment va ma mère ? demanda Frédéric en la voyant apparaître.

— Aujourd'hui, je suis sourde ! déclara Sophie. Écris-moi cette question ! »

Elle tendit à Frédéric un bout de papier tout chiffonné et couvert de taches ainsi qu'un crayon mal taillé et tout mâchonné. Frédéric fit la grimace en apercevant le papier et le crayon mais, ayant très envie d'avoir des nouvelles de sa mère, il surmonta sa répulsion et écrivit sur ce bout de chiffon :

« *Comment va ma mère ?* »

Puis il tendit la feuille. Sophie observa l'écriture et s'écria :

« Pouah ! Je ne peux pas lire une écriture aussi sage ! Quelle horrible régularité ! Arrête d'écrire comme ça. Penche tes caractères dans tous les sens. Un peu de fantaisie, s'il te plaît ! »

Frédéric, toujours très désireux d'avoir des nouvelles de sa mère, s'efforça d'écrire le plus mal possible. Mais il lui fallut utiliser neuf feuilles froissées et tachées avant de satisfaire Sophie.

« Ta mère va bien ! » dit-elle en lisant la neuvième feuille.

Comme elle n'était plus sourde, elle ordonna à Frédéric de chanter.

« *A la claire fontaine m'en allant promener...* » entonna Frédéric.

Sophie sortit une cloche à vaches de sa poche et fit un raffut épouvantable. Frédéric arrêta de chanter en se bouchant les oreilles. Sophie cessa d'agiter sa cloche.

« *Il pleut, il pleut bergère...* » chanta Frédéric.

Sophie agita de nouveau sa cloche avec frénésie. Elle redoubla d'ardeur lorsqu'il voulut chanter *J'ai descendu dans mon jardin.*

« Sophie ! s'écria Frédéric. Comment veux-tu que je chante avec un pareil tocsin !

— Chante *Le seul reproche...* » ordonna Sophie.

Frédéric refusa tout net :

« Ce n'est pas une chanson convenable.

— Chante-la quand même ! »

Frédéric commença, de mauvaise grâce :

« *Le seul reproche au demeurant*
Qu'aient pu mériter mes parents... »

Sophie cessa d'agiter sa cloche et accompagna son ami en fredonnant. Frédéric était si content de ne plus entendre cette exécrable cloche et de constater que Sophie l'accompagnait avec une si merveilleuse douceur qu'il continua :

« ... *C'est d'avoir pas joué plus tôt*
Le jeu de la bête à deux dos. »

Frédéric aimait chanter. Après cette chanson, il voulut passer à *Il était un petit navire,* mais Sophie recommença son vacarme. Avec *Nous n'irons plus au bois,* ce fut effroyable. Il n'y eut qu'avec *La chasse aux papillons* qu'elle renonça à faire du bruit et accepta de l'accompagner de nouveau avec une angélique douceur. Mais lorsque Frédéric, emporté par son élan, se mit à chanter :

« *C'est à travers de larges grilles*
Que les femelles du canton
Contemplaient un puissant gorille
Sans souci du qu'en-dira-t-on »

la voix de Sophie devint si suave qu'il trouva la chanson fort belle et reprit dix fois de suite en chœur avec elle :

« *Gare au gori-i-ille !* »

Puis les deux amis jouèrent à déchirer des journaux, à tacher le tapis, à mélanger des

Puis les deux amis jouèrent à déchirer des journaux...

épinards avec de la glace à la vanille et, pour clore cette heure de désapprentissage, Frédéric dut couper toutes les franges de la nappe en soie noire. Il se lamentait et soupirait beaucoup au début. A la fin du premier côté, il soupirait beaucoup moins, à la fin du second, plus du tout. A la fin du troisième, il semblait presque content et, à la fin du quatrième, il s'amusait comme un petit fou !

Les deux amis éclatèrent de rire en laissant tomber les franges sur le tapis. Sophie embrassa trois fois Frédéric sur chaque joue pour le récompenser. Puis il eut le droit d'aller jeter les franges par la fenêtre. Ce qu'il fit en riant à gorge déployée.

« Il neige des flocons noirs ! » s'écria-t-il.

Le soir, à sept heures, Sophie utilisa le conduit d'aération pour mettre Mme Bartolotti au courant des progrès de son fils.

« Il change à toute vitesse ! déclara-t-elle avec ravissement.

— Espérons que ça va marcher ! murmura Mme Bartolotti.

Elle avait un peu perdu espoir depuis la visite des trois hommes bleu ciel. Sophie, de son côté, était bien moins optimiste qu'elle n'essayait de le faire croire. C'était une enfant très observatrice et, en quittant la pharmacie, elle avait aperçu un homme en uniforme bleu ciel qui faisait semblant de lire son journal non loin de la porte de l'immeuble. Qui donc aurait eu l'idée de lire son journal au crépuscule et sous une porte cochère pas éclairée ? Sophie décida donc qu'il fallait redoubler de prudence. Et le soir, lorsque Mme Lindemann déclara pendant le repas qu'une assistante sociale était venue se renseigner sur Frédéric, Sophie laissa tomber une cuillère de purée sur la moquette.

« Tu vas manger proprement, oui ? maugréa son père.

— Elle cherchait l'adresse du père de Frédéric, poursuivit Mme Lindemann.

— Mais il habite Tombouctou ! » s'écria Sophie.

Mme Lindemann expliqua qu'elle avait donné l'adresse de M. Alexandre.

« Je ne sais rien du géniteur ! fit-elle. Frédéric m'a toujours parlé de M. Alexandre comme étant son père. »

Cette fois, ce fut la fourchette de Sophie qui dégringola sur la moquette.

« Tu vas manger proprement, oui ? répéta son père.

— Et comment était-elle habillée, cette assistante sociale ? » voulut savoir Sophie en ramassant sa fourchette.

La réponse de sa mère ne l'étonna guère.

« Oh, une sorte d'uniforme bleu ciel à boutons argentés ! »

Sophie eut d'abord envie de jouer de l'harmonica pour tout raconter à Mme Bartolotti puis elle se dit que son amie avait déjà suffisamment d'ennuis comme ça et qu'elle ne pourrait de toute façon rien y faire. Seul Frédéric pouvait sauver la situation.

Sophie décida donc de faire l'école buissonnière le lendemain et de courir voir Frédéric pour sauver ce qui pouvait encore l'être. Ça ne l'amusait guère de sécher l'école mais à circonstances exceptionnelles, moyens exceptionnels !

Lorsque M. Alexandre leva le rideau métallique de sa pharmacie le lendemain matin à huit heures précises, Sophie l'attendait sur le trottoir.

« Mais tu avais décidé de ne pas venir à l'improviste et surtout pas aussi ostensiblement ! chuchota M. Alexandre.

— Inutile de nous cacher désormais ! déclara Sophie. Regardez la cabine téléphonique : qui voyez-vous ?

— Un homme en uniforme bleu ciel.

— Et qui attend l'autobus ?

— Une femme en uniforme bleu ciel.

— Et qui fait les cent pas devant le fleuriste ?

— Un homme en uniforme bleu ciel.

— Ça fait beaucoup de bleu ciel pour un matin aussi gris, vous ne trouvez pas ? » demanda Sophie.

M. Alexandre acquiesça, l'air soucieux. Sophie entra à sa suite dans la pharmacie.

« Tout est fichu ! soupira-t-il.

— Mais non ! lança Sophie. Je vais aller trouver Frédéric et nous allons mettre en route un programme intensif. Ne vous inquiétez pas si vous entendez un peu de bruit.

— Et moi ? Que puis-je faire ? demanda le pharmacien. Dois-je avertir Berthy ? Elle est plus courageuse que moi, je pense. »

Sophie trouva l'idée excellente. M. Alexandre prit une feuille de papier et écrivit :

« *Berthy chérie,*

La menace se précise ! Viens immédiatement ! »

Puis il plia la feuille en quatre et appela la concierge de son immeuble qui lavait le trottoir.

« Madame Duroquet, seriez-vous assez aimable pour porter tout de suite ce petit mot à Mme Bartolotti, s'il vous plaît ? »

Mme Duroquet était très aimable et accepta donc de faire la commission.

« Et si un individu en uniforme bleu ciel vous demande cette lettre, ne la lui donnez surtout pas ! recommanda M. Alexandre.

— Vous pouvez compter sur moi ! » déclara Mme Duroquet en se mettant en route.

M. Alexandre et Sophie la suivirent du regard. Elle passa devant l'arrêt d'autobus, donc devant la femme en uniforme bleu ciel.

« Elle va lui arracher la lettre ! » se lamenta M. Alexandre.

De fait, la femme en uniforme bleu ciel attrapa Mme Duroquet par le bras mais celle-ci brandit son balai au-dessus de sa tête en hurlant :

« Au secours ! On m'agresse ! »

La femme en uniforme bleu ciel s'empressa de déguerpir.

« La vieille Duroquet a sauvé la lettre ! » jubila Sophie en se précipitant au premier étage.

Frédéric était sous la douche. Il eut l'air ravi de voir Sophie arriver d'aussi bonne

« Au secours ! On m'agresse ! »

heure. Depuis les séances de désapprentissage, il ne trouvait plus très drôle d'apprendre des mots nouveaux dans l'encyclopédie.

« Frédéric, ils ont découvert que tu habites ici ! déclara Sophie. Nous allons maintenant jouer à quitte ou double !

— Alors au travail ! » s'écria Frédéric.

C'était un garçon très travailleur.

A huit heures et demie, Mme Bartolotti fit son apparition dans la pharmacie. Elle avait énormément de couleurs sur le visage et arborait un pantalon violet et une chemise jaune. Tandis que M. Alexandre vendait ses médicaments derrière son comptoir, elle affecta de faire le ménage. Elle se mit à épousseter l'intérieur de la vitrine pour mieux observer les mouvements de l'ennemi. Elle reconnut l'homme caché dans la cabine téléphonique. C'était Voix Aiguë. Voix Normale faisait les cent pas devant le fleuriste et Voix Grave lisait son journal au coin de la rue depuis la veille au soir. Outre ces trois hommes, Mme Bartolotti compta en tout sept personnages bleu ciel dans les environs de la pharmacie.

Vers neuf heures, la dame en uniforme bleu ciel quitta l'arrêt d'autobus, traversa la rue et pénétra dans la pharmacie.

« Vous désirez ? » demanda M. Alexandre d'une voix tremblante.

La dame tendit une ordonnance prescrivant un médicament fort rare que M. Alexandre n'avait pas en réserve.

« Je dois le commander, dit-il.

— Eh bien, commandez-le ! » lança la dame en levant les yeux au plafond pour constater que les trois lampes de la pharmacie tanguaient dangereusement.

M. Alexandre téléphona à un service de livraison rapide qui lui promit de livrer dans les deux heures qui suivaient.

« Si vous revenez à onze heures, dit-il à la dame, vous serez servie. »

Mais la dame en uniforme bleu ciel n'avait aucune envie de s'en aller et expliqua qu'elle préférait attendre sur place. Elle s'assit sur la banquette et regarda les lampes qui continuaient à tanguer. Puis ce fut au tour des médicaments de trembler sur les étagères tandis que les flacons tintinnabulaient curieusement.

Vers neuf heures un quart, un homme en uniforme bleu ciel vint présenter une autre ordonnance tout aussi étrange et déclara attendre son médicament sur place. Il s'assit sur la banquette à côté de la dame et regarda en écarquillant les yeux une tache apparaître au plafond puis s'agrandir et se colorer rapidement.

La chambre de M. Alexandre était située juste au-dessus de la pharmacie et Frédéric apprenait à inonder une moquette.

A dix heures et demie, Mme Duroquet entra dans la boutique, le chignon en bataille.

« Monsieur Alexandre, s'écria-t-elle. Il y a deux hommes en uniforme bleu ciel dans le couloir, deux autres près des poubelles dans la cour, j'ai beau tempêter et menacer, ils ne veulent pas partir !

— Nous sommes cernés ! » murmura Mme Bartolotti.

Mais les lampes se mirent à tanguer si fort et les flacons à tinter si bruyamment que Mme Duroquet s'affola :

« C'est un tremblement de terre ?

— Non, non ! la rassura M. Alexandre. Ce sont les ouvriers qui font des transformations dans mon appartement. »

Mme Duroquet partit rassérénée et alla continuer à incendier les hommes en uniforme bleu ciel.

A dix heures et demie, un monsieur entra dans la pharmacie. Il portait un manteau bleu ciel, des lunettes à monture métallique et avait à la main un attaché-case chromé. Un homme en uniforme bleu ciel le suivait et un couple vêtu de gris fermait la marche. La femme avait un visage de fouine et l'homme était chauve comme le dôme des Invalides.

Le couple s'assit sur la banquette et le monsieur aux lunettes métalliques leur dit :

« Vous allez bientôt pouvoir embrasser votre enfant.

— C'est ce que vous n'arrêtez pas de nous répéter depuis des semaines ! » maugréa la fouine.

Hormis les uniformes bleu ciel et le couple, la pharmacie accueillait deux clients normaux. L'homme en uniforme bleu ciel ouvrit la porte et déclara :

« Danger de mort ! Épidémie mortelle ! Quittez la pharmacie ! »

Les deux clients normaux frémirent d'horreur.

« Vite, sauvez-vous ! cria l'homme en uniforme bleu ciel en les poussant dehors.

A dix heures et demie, un monsieur entra dans la pharmacie.

— Cet homme ment ! Il n'y a aucun danger d'épidémie ! protesta M. Alexandre.

— Restez ! » cria Mme Bartolotti.

Mais l'homme en uniforme bleu ciel avait déjà expulsé les deux clients *manu militari*. Il referma la porte et tourna le panneau *ouvert* afin qu'on puisse lire *fermé* de la rue.

« Vais-je enfin voir mon petit garçon ? demanda la fouine.

— Tout de suite, chère madame ! s'écria l'homme aux lunettes métalliques et il se tourna vers M. Alexandre : Rendez-nous l'enfant immédiatement. Il est ma propriété. Vous n'avez aucun droit sur lui ! Et encore moins une pareille excentrique ! » ajouta-t-il en désignant Mme Bartolotti.

L'homme aux lunettes métalliques et celui en uniforme bleu ciel voulurent pénétrer dans l'arrière-boutique.

« Il vous faudra passer sur mon cadavre ! » lança M. Alexandre d'une voix tremblante.

Ça ne sonnait pas très convaincant.

« Ne les laisse pas passer, Alex ! Flanque-leur des coups de pied !

— Inutile que j'aille le chercher ! dit le monsieur aux lunettes métalliques en souriant avec fatuité. Mes enfants instantanés obéissent au doigt et à l'œil ! » Il mit ses mains en cornet et cria : « Frédéric ! »

Il eut beau hurler « Frédéric » encore trois fois, aucune réponse. Les lampes du plafond

« Rendez-nous l'enfant immédiatement. »

continuaient à tanguer et les flacons tintaient de plus en plus fort. Quant à la tache, elle avait envahi tout le plafond.

« Pourquoi ne vient-il pas ? demanda le monsieur chauve. Nous avons commandé un enfant obéissant.

— Vous savez, intervint Mme Bartolotti. Il n'écoute rien de ce qu'on lui dit ! On a beau s'égosiller, il n'en fait qu'à sa tête ! »

La fouine se leva comme mue par un ressort et grinça :

« Mais le petit garçon que nous avions commandé était censé obéir au doigt et à l'œil !

— C'est ce qu'il fait ! tenta de la rassurer le monsieur aux lunettes métalliques. Quelqu'un doit l'empêcher de descendre. Probablement cette petite peste ! »

L'homme aux lunettes métalliques se tourna vers un des hommes en uniforme bleu ciel et lui dit :

« Gardez la porte, nous allons donner l'assaut ! »

M. Alexandre eut beau se mettre courageusement en travers du chemin et Mme Bartolotti eut beau empoigner la dame en uniforme bleu ciel par les cheveux, le monsieur aux lunettes métalliques, suivi du couple et de son autre sbire, se rua dans l'arrière-boutique. Ils traversèrent au pas de course la première, puis la seconde et enfin la troisième. Ils étaient au pied de l'escalier lorsque Frédéric lança d'une voix de stentor :

« T'affole pas, vieux con, j'arrive ! »

Et il descendit à plat ventre sur la rampe. La fouine reçut ses deux pieds dans le ventre.

« S'cusez, la vieille ! ricana-t-il. J'l'ai pas fait exprès. » Puis il se tourna vers les trois hommes et demanda : « Quel est le fils de truie qui m'a causé en gueulant comme ça ? »

La fouine se mit à glapir en se tenant le ventre à deux mains :

Frédéric se mit à beugler.

« Monsieur le directeur, vous n'allez tout de même pas prétendre que c'est là l'enfant que nous avons commandé ! »

Le directeur rajusta ses lunettes et dévisagea Frédéric.

« Hé, tonton, lança Frédéric. J'connais une chanson super ! » Et il se mit à beugler :

> « *Le seul reproche au demeurant*
> *Qu'aient pu mériter mes parents*

C'est d'avoir pas joué plus tôt
Le jeu de la bête à deux dos. »

— Inouï, c'est inouï ! vociféra le monsieur chauve. Et vous voulez nous faire prendre ce garnement pour un enfant modèle ? Vous n'êtes qu'une bande d'escrocs, de truands !

— Hé là, mets une sourdine, pépé ! protesta Frédéric. Sinon je te coupe les moustaches et pour le coup, t'auras plus un seul poil sur le caillou ! »

C'est alors que Sophie fit son apparition en haut de l'escalier. Elle se pencha et demanda :

« Frédéric, t'as la dalle ?

— Un peu, ouais ! répondit Frédéric avec un ricanement d'une extrême vulgarité.

— Qu'est-ce que tu veux bouffer ?

— De la glace à la vanille et des épinards.

— Attrape ! » brailla Sophie.

La glace et les épinards atterrirent, comme par hasard, sur le monsieur aux lunettes métalliques, sur l'homme en uniforme bleu ciel et sur le couple en gris.

« Je le nourris toujours comme ça ! expliqua Sophie. Je me mets en haut de l'escalier et je lui lance des poignées de nourriture qu'il doit attraper avec la bouche, c'est vachement marrant.

— C'est pas ma faute si elle vise mal ! » expliqua Frédéric.

Le directeur dut retirer ses lunettes métalliques devenues opaques. Le verre gauche était aveuglé par la glace, le droit par des épinards. Il observa Frédéric d'un œil myope et conclut :

« Cet enfant ne sort pas de mon usine. C'est impossible. »

La glace et les épinards atterrirent, comme par hasard, sur le monsieur aux lunettes métalliques...

L'homme en uniforme bleu ciel était occupé à nettoyer sa veste horriblement tachée.

Le couple en gris s'était réfugié derrière une pile de cartons.

« Quel sale gosse ! marmonnait le monsieur chauve.

— J'aurais mieux fait d'acheter un chien ! » se lamentait la fouine.

Le couple s'en alla sans dire au revoir.

« Chef, que se passe-t-il ? cria l'homme en uniforme bleu ciel chargé de garder la porte. Pourquoi ces messieurs-dames s'en vont-ils sans le gosse ? Pourquoi nous traitent-ils d'escrocs ? Chef, keskispasse ? »

Sa voix tremblait de désarroi.

Le directeur avait enfin réussi à essuyer ses verres, et son sbire à nettoyer sa veste tant bien que mal. Le directeur chaussa de nouveau ses besicles et déclara :

« On s'en va !

— Et moi ? lança Frédéric.

— Toi, tu vas au diable ! vociféra le directeur.

— Que c'est doux à entendre ! s'écria Mme Bartolotti en ouvrant la porte de l'arrière-boutique. Messieurs, madame, merci de votre charmante visite, j'ai vraiment été à la fête ! lança-t-elle aux uniformes bleu ciel, en s'effaçant pour les laisser passer.

— Et n'oubliez pas de récupérer les bonshommes que vous avez postés dans la cour ! leur cria M. Alexandre. Sinon Mme Duroquet risque de se mettre en colère pour de bon ! »

Il referma la porte sur eux.

Frédéric était assis, tout pâle, sur une caisse d'aliments pour bébés.

« Ouf ! souffla-t-il. Ça a été dur !

— Mon pauvre trésor, murmura Mme Bartolotti en lui caressant la joue droite.

— Mon pauvre trésor, murmura M. Alexandre en lui caressant la joue gauche.

— Tu as été super ! » lança Sophie en dévalant l'escalier.

Puis elle l'embrassa sur la bouche.

« Dois-je rester ainsi ? demanda Frédéric.

— Non, pour l'amour du Ciel ! s'écria M. Alexandre.

— Dois-je redevenir comme avant ?

— Non, pour l'amour du Ciel ! » s'écria Mme Bartolotti.

Sophie prit alors Frédéric par l'épaule et lui murmura à l'oreille :

« T'inquiète pas, on verra ça tous les deux ! »

AU CATALOGUE DU LIVRE DE POCHE JEUNESSE :

AIKEN Joan	Les Perles de la pluies et autres contes	283
ALAIN-FOURNIER	Le Grand Meaulnes	23
ALCOCK Vivien	Le fantôme vous salue bien	259
ALCOTT Luisa May	Les quatre filles du docteur March	41
ALDRIDGE James	Le merveilleux cheval mongol	406
ALDRIDGE James	La véritable histoire de Spit MacPhee	401
ANDERSEN Hans-C.	Poucette et autres contes	19
BAWDEN Nina	L'enfant transparent	421
BERNA Paul	Le cheval sans tête	34
BICHONNIER Henriette	Émilie et le crayon magique	176
BICKHAM Jack	Le faucon de Billy Baker	25
BIEGEL Paul	Le brigand de Mademoiselle est avancé	233
BIEGEL Paul	La Princesse Rousse	
BLAZKOVA Jaroslava	Un merveilleux grand-père	65
BOURGUIGON Claude	Le neveu de Goya	286
BRINSMEAD Hesba	Naufragés des sables	339
BRISOU-PELLEN Évelyne	Deux ombres sur le pont	314
BRISOU-PELLEN Évelyne	Le cosaque dans la neige	365
BRU C. et WILHELM A.	Le corsaire de la Baltique	345
BUCKERIDGE Anthony	Bennett et sa cabane	7
BUCKERIDGE Anthony	Bennett et ses grenouilles	94
BURKETT Molly	La maison du bonheur	275
CAMUS William	Le Faiseur-de-Pluie	84
CARÊME Maurice	A l'ami Carême	248
CARMINATI Muriel	Mémoire d'éléphant	350
CARRANZA Maite	Vieux héros cherchent image neuve	322
CARROLL Lewis	Alice au Pays des Merveilles	44
CARTER Forrest	Petit Arbre	412
CASSEDY Sylvia	Morton, l'enfant différent	409
CÉNAC Claude	La révolution des croquants	285
CHAPOUTON Anne-Marie	Les masqués de Malévie	297
CHAPOUTON Anne-Marie	Les voleurs de petit sentier	358
CHAPOUTON Anne-Marie	Quand la terre gémit	348
CHARPENTREAU Jacques	Les éléments des poètes	125
CHARPENTREAU Jacques	La cigale, le renard et les autres	129
CHARPENTREAU Jacques	50 poètes, 250 poèmes manuscrits inédits	130
CHARPENTREAU Jacques	Prête-moi ta plume	126
CHARPENTREAU Jacques	La République nous appelle !	284
CHARPENTREAU Jacques et COFFIN Dominique	Demain dès l'aube	121
CHARPENTREAU Simonne	Berceuses de toujours	131

Composition réalisée par COMPOFAC - PARIS

IMPRIMÉ EN FRANCE PAR BRODARD ET TAUPIN
Usine de La Flèche, 72200.
Dépôt légal Imp. : 6207N-5 – Edit : 4604.
32-10-0961-11-6 – ISBN : 2-01-020895-1.
Loi n° 49-956 du 16 juillet 1949 sur les publications destinées à la jeunesse.
Dépôt : mars 1996.

P
--
205